四季折々の文人趣味

――旅する二十四節気――

中谷美風 文・画
Nakatani Bifu

城山書房

四季折々の文人趣味

――旅する二十四節気――

まえがき

この本の題にある「文人」とは、狭義でいうと中国の隋代から清代まで約１３００年間行われていた官僚登用試験制度の科挙に及第し、その上に詩や書、絵画に優れた才能を兼ね備え、また科挙試験で身に付けた儒家的な教養だけでなく、老子、荘子、そして禅など社会性とは一線を画した思想への理解も深い人々を指します。

その文人たちが残した詩や書画、書物が中国から伝わり、日本では江戸時代後期以降これらから学び模倣する人々が多く現れました。そして漢学の教養を積んだ特に町衆の儒学者、文学者、医者、画家などの間に広がっていきました。広義ではこのような人々も含めて文人と称し、その表現のみならず暮らしや周辺の文物まですべて文人趣味と称するようになっていいます。

『四季折々の文人趣味』は彼らが四季の移ろいに身を寄せて暮らし、その中で感じ表現した漢詩や文学を二十四節気に細分し、私の画を添えてお話ししています。二十四節気は春夏秋冬をさらにそれぞれ6つに分けたもので、今でも時折天気予報などで立春、春分、夏至、冬至などは耳にすることもあると思います。

脇見出しの「立春　一月節　2月3日」などの「節」「中」は、二十四節気を「節気」「中気」で2分割して交互に配したものです。「2月3日」は新暦でのその初日です。新暦の日付は毎年微妙に変化します。日本の定める日程は以下の国立天文台のサイトをご参考ください。国立天文台「二十四節気・雑節 長期版」https://eco.mtk.nao.ac.jp/cgi-bin/koyomi/cande/phenomena_sy.cgi

この本では漢詩も多く取り上げています。日本の気候と多少のずれがあるかもしれませんが、過去の優れた文人たちの感性と美意識を共有し楽しんでいただけるものと思います。机上に、旅の友として、また日常の暮らしの中でほんのひととき、逃避の時間に必携の一冊になることを願っています。

中谷美風拝

目次

第二章

画巻　高士漫遊

第二章

第四章

第一章

立春　雨水　啓蟄　春分　清明　穀雨

立春

一月節

2月3日

雪以梅為館

重さを耐え柔軟に生きる

暦の上で「立春」とはいうものの、私の暮らしている奈良の山中では春と言うにはまだまだ程遠く、周囲は落ち葉や枯枝に覆われた彩度の低い雑木林に包まれています。所々点在する常緑樹の濃い緑だけが生きている世界の証しとしてはいるものの、その姿は肩をすぼめ寂しそうに立ちすくんでいるように感じます。

奈良盆地を見下ろす私の部屋の窓からは、遠方より雨雲ならぬ雪雲が地面に向けて鼠色の大きな柱を立て近づいてくるのが見えます。やがて、ちらほら雪が舞い始めると、遠く数十キロ先の生駒山を望めていた視界も、あっという間に遮断され、時には横殴りの吹雪となり、ほんの数十メートル先の木々まで霞み、雪の世界にすっぽりと包み込まれます。

庭は瞬く間にすべてが白く雪に覆われると成す術《すべ》もなく温かいお茶を啜《すす》りながら、読書を楽しみ、文人画の頁をめくり、時を過ごします。

どれくらい時間が過ぎたのでしょう。雪は止《や》み、窓外は明るく一面真っ白に。ホッとしたのと美しさに惹《ひ》かれ、新雪に足跡を残しながら庭を漫《そぞ》ろに歩いてみます。

竹に積もった雪は重みに耐えきれず時折バサッと落ち、咲き始めた梅の花は突然の雪を背負いその重さと寒さに耐えています。このような情景を過去の文人たちは自分の人生に重ねて、詩に残しています。

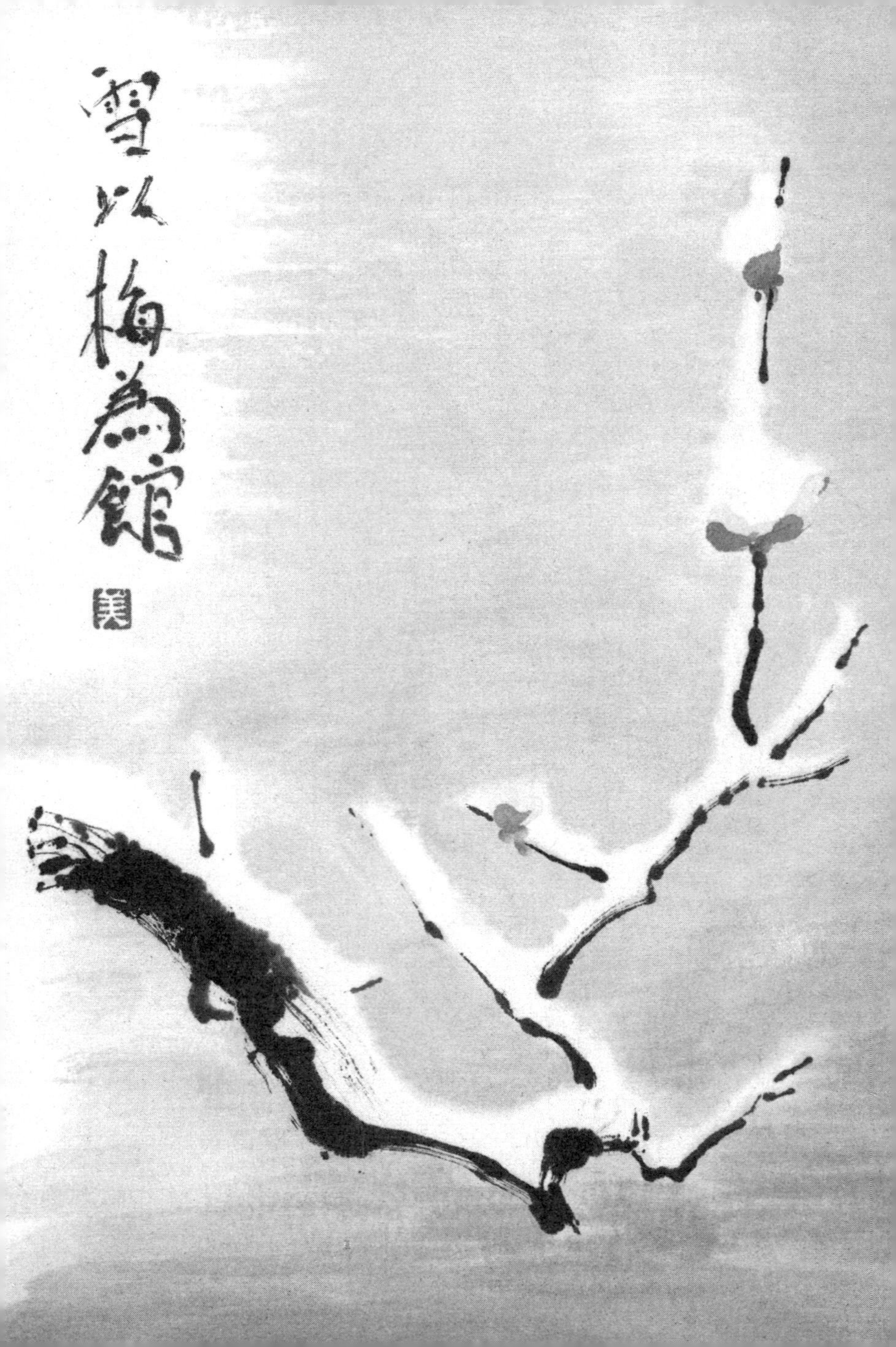
雪以梅為館
美

「官谷《かんこく》の館の字に和す」と題された、明代後期の詩人であり文学者の袁宏道《えんこうどう》（袁中郎《ちゅうろう》）の五言律詩です。

雲以竹爲郵
雪以梅爲館
君看竹多處
無陰雲亦滿
将雪近柳條
柳意自疎緩
一種漠漠思
盡屬寒花管
儂與君亦然
氣味同老懶
冷澹足生活
不向晴處暖

雲は竹を以《もっ》て郵《ゆう》と為《な》し、
雪は梅を以て館《かん》と為す。
君は看《み》よ　竹多き処を、
陰無きも雲亦《ま》た満つる。
将《まさ》に雪は柳條《りゅうじょう》に近きも、
柳意は自《おの》ずから疎緩《そかん》たり。
一種　漠漠《ばくばく》たる思いは、
尽《ことごと》く寒花《かんか》の管《かん》するに属す。
儂《われ》と君　亦《ま》た然《しか》れど、
気味《きみ》　老懶《ろうらん》を同じくす。
冷澹《れいたん》生活足り、
晴れし処に向かい暖《あたた》まらず。

郵…駅亭。宿場。／館…仮寓するところ。／疎緩…「疎」とはまばら。「緩」とはゆるやか。／漠漠…広々として果てしないさま。とりとめもない漠然としたさま。／管…取り仕切る。わがものにする。／老懶…年老いて物憂いこと。また、そのさま。老いてなまける。／冷澹…世俗への関心を拒否した韜晦《とうかい》と閑適の生き方をいう。

雲は竹林を仮の宿としてそこに滞り、雪は梅の花を仮の宿として一息ついて休んでいます。ごらんください、あの竹が茂っているところを。そこには陰影はありませんが雲の気配がいっそう満ちているのです。今まさに柳のところに雪が降ってきましたが、葉が枯れ落ち枝だけになった柳は雪を留《とど》めることなく、はらはらと緩やかに揺れているばかりです。目の前に広がるこのどことなく漠然とした様子の中で、あの雪の中に開く梅の花だけが我が物のように私の心を惹《ひ》き付けるのです。

私も君も、このような目の前の風情と同じく漠然として生きましたが、その心持ちはもう年老いて日々世俗に関心を持つこともなく静かに暮らしているので、今更わざわざまた世間に出て恩恵を受けようとはもう思わないのです。

人生、様々な経験を重ね、終生成長は続いていくものだと思いますが、それに反して肉体は老いていき、何かをしたい、何かできるのでは、という思いと今できることとの隔たりが生じ、時にはそれが苦しみとなることもあります。

前半部の静けさと澄み渡った空気感。後半部の老いに対する嘆きともいえる老懶な感情。そして君子の花といわれる雪中の梅花に惹かれ、共感しているのではないでしょうか。

私には「これでいいんだ」「私だけじゃないんだ」と納得させてくれる詩でもあります。

自然の季節の移ろいの中で当たり前のように変化し起こる様々な事象を見逃すことなく感じ、そしてそれを自分の人生と重ねて詩に表す振る舞い。教養と感性を持ち備えた文人たちに憧れ止《や》みません。

安靖

祈りを言葉にして書す

立春

一月節

2月3日

深深と冷える夜。本を読んでいると、いつもなら見過ごしそうな「安靖《あんせい》」という言葉が目に留まりました。今、世界に目を向けると、戦争やコロナウィルスの拡大、自然災害など、悲しい話ばかり。身近なところでも、いざこざや病気、そして死と、心は騒々しくなるばかり。「安靖」が気になるのは今の私の暮らしがその意味に反した日々だからでしょうね。安らかでなく、静かでなく、治まっていず、善くない……。

安靖とは、安らかによく治まるという意味。「安」は字のごとく安らかを意味し、「靖」は『漢語林』によるとまずはやすらか。そしてしずか、やすいとあり、その他にも、やすらかになる、やわらぐ、静める、おさめる、思う、よ（善）い、そしてやす（息）める、と書かれていました。

漢詩を作ったり、手紙を書いたり、原稿を書いたり、自分の感情を文字で表さなければならない時、特に慎重に言葉を選ぶようにしています。

当たり前のことなのですが、なかなか的確な表現が見つからないこともあります。

例えば怒っていると思っていても、よく考えてみると怒っている感情よりも悲しみの方が大きいときなどは悲しみを含んだ怒りの言葉を探さなければなりません。ならば「悲憤」という語はどうでしょう。「悲憤」とは悲しみいきどおる、という意味です。

話は戻りますが、皆さんにとって今望むことを文字で表すならどのような熟語になるでしょう。頭で理解するよりも、心で感じる言葉を探してください。

私がよく使う『墨場必携』という本から漢字二文字の熟語に限定して探ってみました。

處和《しょわ》　心身を平和の地におく。
肅警《しゅくけい》　つつしみいましめること。つつしむこと。
閒曠《かんこう》　ものしずかでゆるやかなこと。
舒逸《じょいつ》　やすらかなこと。
希静《きせい》　しずかなることを希望する。※静をこいねがう、と読みます。
静泰《せいたい》　しずかなること。やすらか。
浄神《じょうしん》　心を清浄にする。※精神の「神」と理解してください。
安眞《あんしん》　自然に安んじて他に求める所なきこと。
晏如《あんじょ》　安んじて落ち着いたさま。

また、漢和辞典から「安」の字で探ってみました。

安穏《あんのん》　やすらか。おだやか。
安康《あんこう》　安らか（に治まる）。太平無事。
安泰《あんたい》　やすらか。無事。安穏。

乂《がい》安《あん》　治まって安らかなこと。
安《あん》分《ぶん》　身分相応な程度に満足し、安らかにしていること。

似て非なり。それぞれの意味は微妙に違って感じることと思います。

まずは文字で書き表し、それを目から確認して頭で理解し、この一連のプロセスの中でほとんど無意識に分類し、心にまで届いたものが身に付き、行動に表れるものだと思っています。皆さん、なにか心に届いた言葉はありますか。きっと明日から少し変わることでしょう。

あの夏目漱石は晩年漢詩を作ることを日課としていたようで、このような文字の微細な使い分けはとりわけ優れているように感じます。それは自分自身の感じたことに対しての理解の深さで、またそれを伝えようとする思いの強さでもあるのでしょう。

文字で書き表されたものを、目から確認して頭で理解するというプロセスの中で、私たちはほとんど無意識のうちに分類し、心にまで届いたものが身に付き、やがてそれが行動に表れるものだと思っています。この羅列された二字熟語の中で「知った」「知っている」では変化は起こりません。心にまで届いたものはありますか。そうすればきっと明日から少し変わることでしょう。

安靖

雨水　一月中　2月18日

春蘭の画

文人画の極意

「仙艶天工」「酔客笑影」「香草詞人」「格貴品高」「深院幽香」「風露清香」「春風長養」「雙鈎垂蘭」「無骨色蘭」「華艸精神」「美人香草」「素心自芳」「一抹餘香」「濃薫清艶」「露温風開」「蘭有国香」「靈風清露」「君子之香」「蘭吐幽香」「幽香清遠」「孤香清遠」「花有清香」「幽者在谷」「清香自遠」「蘭幽人操」「清香不盡」「詩窓清供」「紫莖緑葉」……。

四文字熟語ばかりですが、すべて蘭の画に添えられた画題です。これらは『新撰四君子題讃大成』（久保田天南著、昭和6年出版）という本から抜粋したもので、この本は四君子（蘭・竹・梅・菊）それぞれの画に讃する画題を集めたものです。冒頭の画題はその中のほんの一部で、蘭の画題だけで四文字熟語から56字の漢詩まで、およそ350の画題が紹介されています。

ここでいう蘭とは春蘭を指します。

春蘭とは東洋蘭の一種で、主に中国、日本、台湾の山中に自生しています。特に中国や台湾の春蘭は日本の春蘭とは違い強い芳香を放ち、その花の美しさを愛でると共に香りもまた楽しみとして古くから栽培され、鑑賞されてきました。また市中では見かけることは少なく、山中の南側の斜面に自生します。私も山中を巡っている時に、見つけることがあります。

日本ではひとつの茎にひとつの花（一茎一花）をつけるものを春蘭と称しますが、中国で

春風長養

はひとつの茎にひとつの花を咲かせる春蘭とは別に、ひとつの茎に多く（3〜6つくらい）の花（一茎九花）をつけるものもあり、こちらを「蕙（けい、かおりぐさ）」とし、両方を合わせて「蘭蕙《らんけい》」と称することもあります。

幕末から明治、大正、昭和初期頃まで、漢詩や文人画、そして煎茶、文人花、盆栽、文房清玩など、文人趣味がたいへん流行しました。特に春蘭や竹は好んで描かれてきました。ところが、現代では漢詩や文人画を鑑賞することを楽しむ方は多くおられるものの、自ら筆を執り作詩されたり、文人画を描き楽しんでおられる方はとても少なくなってしまいました。そのためこのような「画題集」の出版も無くなりました。私は、今でもこの昭和初期に出版された本をとても重用させて頂いています。

では、この画題の中から、いくつか皆さんと共にイメージしてみましょう。

「格貴品高」とは、格は貴《たっと》く、品は高いと、読んで字の如くですが、これを春蘭の画に託すとなると、どうすればいいのでしょう。古人は画についてよくこう説きます。「画は人なり」と。つまり、画とはいえ、そこに描いた人の人格が表れるというのです。これは大変です。この画題を選ぶとなると、まず描く人自身が「格貴品高」でなければならないことになります。

「深院幽香」とは、りっぱな屋敷の奥深く、あまり人目に触れることもなくひっそりと咲き芳しい香りを放つ春蘭、という意味になります。先にも書いたように、中国の春蘭はとても良い香りを放ちますが、人目に触れることの少ない山奥深くで花を咲かせます。文人たちはそのような人に倣うよう好んで春蘭を描きました。つまり、画題として添える時、その人となりを意味しています。

「風露清香」とは、春の風、露も清らかな香りがする、といった意味です。ここでいう清らかな香りとは、もちろんのこと香りとしての清らかさなのですが、画に描く時は、実際に匂うわけではなく、そう感じるような画を描かなければなりません。

「風露新香隠逸花（風露新たに香る隠逸の花）」。禅僧の詩にこの句があります。これは菊を詠ったものですが、詩を詠むときと同じように五感を研ぎ澄まし、筆を執ることが大切です。中国宋代の文人蘇東坡《そとうば》は、先人の王維《おうい》を「詩中に画あり、画中に詩あり」と評しています。画ではあるもののそれは詩であると。画には詩情があることが大切だと言っています。

さて、私は「春風長養」を画題として描いてみました。皆さんにとって「春風」とはどのような風でしょう。「春一番」のような吹き抜ける風？　それとも、頬を撫でるような柔らかな風？　私は長い冬が明けるのを待ち望んでいた時、ふと春を感じる風。風の強弱ではなく、気配こそホッと一息つける長養の心地となるように感じます。

啓蟄

二月節

3月5日

観梅

月ヶ瀬梅林へ

桜と同じように日本列島の南から北へと順に花開く梅ですが、桜ほどにぎやかに取り上げられることがないのは、きっと咲くのを待ち望んでいる人の数と、花見の宴会の都合が大きく影響しているのではないでしょうか。それぞれの花を愛でることを桜は「花見」といい、梅は「観梅」といいます。

春まだ寒い頃、厳しい環境の中であっても先駆け花開く梅。その上に馥郁《ふくいく》たる香りを放ち、清楚な花を開くその姿を立派な人と例え、四君子の一つに数えられています。文人たちはその姿に魅《み》せられ、詩や画に多く残しています。

私は観梅がとても好きで毎年必ず行くことにしています。江戸時代より観梅の代名詞といってもいいほど多くの人々に楽しまれ、国の名勝にも指定されている月ヶ瀬梅林までは、車なら1時間もかからず行くことができます。山奥深くにあることから街中よりも開花はずいぶん遅く、ひと月以上遅れて3月に入ってから咲き始め、中頃にピークを迎えます。江戸時代に10万本以上あったと言われていますが、現在でも1万本以上育てられて梅林が谷あいに点在しています。

私の観梅を紹介します。まずは夜明け前に行きます。できれば満月が望める澄んだ冷気が降り、風の無い日がお勧めです。昼間は大勢の客が押し寄せ、それはそれで賑《にぎ》やかでいいのですが、誰一人いない梅林は独り占めでき、特別です。ところどころ街灯に照らされているものの、そのほとんどは月明かりでうっすら輪郭は感じますがまだ真っ暗で花は見えません。しかしです。月ヶ瀬渓谷の底を流れる五月川の熱と湿度が、空から降りて来る冷気に押さえつけられ、その境界線辺りを1万本の梅の香りが拡散することなく滞っているのです。

さぁ、はやる気持ちを抑え、しっかり防寒を整え真っ暗な梅林の辺りを歩くことにしましょう。

梅の木はまだ遠くなのに突然濃密な香りが鼻に届きます。しかし、梅の木に向かってすこし歩を進めるとやがて香は失せ……、これを繰り返していると、香りは梅の木を中心として放射状に濃淡となるのではなく、香りの帯が漂っていることに気づきます。花の香りを直接嗅ごうとしても数センチまで近づかないと分からないのに。

やがて空は白み始めると、まるで真綿を置いたように柔らかな梅林が現れます。あの富岡鉄斎は「香雪世界」と称しました。小さな亭に持参の茶具を広げ、湯を沸かし、茶を一碗。梅と交わり、語り合う私の観梅は夜明けと共に終わります。

私の茅居《ぼうきょ》には梅の木が6本ほどあります。いつぞや作った詩を添えておきます。

賞梅花
寒風無尽鴨波交
斜影染林映露茅
玉骨清香唯獨放
先開早落不知嘲

梅花を賞す
寒風　尽きること無く　鴨波《おうは》交わり、
斜影　林を染め　露茅《ろぼう》を映す。
玉骨《ぎょっこつ》　清香　唯独り放つ。
先に開き　早く落つるを　知らずを嘲《あざわら》う。

鴨波…水面を泳ぐ鴨が立てる波。／斜影…朝日や夕日で斜めに映る影。／露茅…茅《かや》の葉先の露。／玉骨…梅の幹の例え。

寒風は尽きること無く池を払うように波が立ち、鴨が進む波と交わっています。朝焼けは林を染め、斜めに射す光は枯れた茅の葉に残る朝露を映しています。美しい梅の花は、他にはまだ花ひとつない寂しい庭に清らかな香りを放ってはいるけれど、先に花開けば、それだけ早く落ちるということを知らない梅を見て、私は自分のことのように感じ自らをあざ笑うのです。

梅を侮辱しているわけではありません。厳しい環境の中で花開く力もないのに、梅に倣い花開こうとしている自分をあざ笑っているだけです。

美

啓蟄

二月節

3月5日

望春

白木蓮の華やぎ

「望春」とは白木蓮の異称です。

早春の晴れ渡った青空に、白く大きな花を一斉に開く木蓮。それまでの殺風景な雑木林と寒空に春の陽気を運び、一気に華やぎます。日本では木蓮とは紫木蓮と白木蓮を総称しますが、原産地である中国では、紫木蓮を木蘭、白木蓮を玉蘭と呼び分けています。

さて、画に描いたのは白木蓮。つまり玉蘭です。花弁は6弁ですが、花弁とよく似た萼《がく》が3枚あるので、9弁の花のように見えます。蕾《つぼみ》は上を向いていますが、よく見ると必ず北向きに傾いています。このことから欧米ではコンパスフラワーとも呼ばれているそうです。

中国の文献からこの玉蘭について探ってみることにします。私は漢詩や漢文に登場する植物を調べる時にはまずはこの本に当たります。明代末の文人である王象晋《おうしょうしん》によって著された『二如亭羣芳譜《にじょていぐんほうふ》』を底本に、清代になって康熙帝《こうきてい》の命により汪灝《おうこう》が勅撰《ちょくせん》し１７０８年に奉上《ほうじょう》された『御定佩文齋廣羣芳譜《おんていはいぶんさいこうぐんほうふ》』です。その内容は全ての植物といってもいいほど多くの種類が採用され、薬となる植物や苔類なども含まれています。またそれまでに出版された植物書や、植物について詠われている詩や文学までも掲載され、全１００巻からなる中国の植物全集です。

美

玉蘭、花九瓣、色白微碧、香味似蘭、故名、叢生、一幹一花、皆著木末、絶無柔條、隆冬結蕾、三月盛開、澆以糞水、則花大而香、花落從蔕中抽葉、特異他花、亦有黄者、最忌水浸、寄枝用木筆、體與木筆並植、秋後接之。

玉蘭。花は9弁、色は白くて微《かす》かに碧《あお》く、香味は蘭に似ていることから、この名前がついています。花は群がって生じ、ひとつの幹にひとつの花が咲き、すべて枝先につきます。柔らかい枝はまったく無く、真冬に蕾を結び、3月になると盛りになって花開きます。糞と水を肥料として注ぐと花は大きくなって香りもよくなり、花が落ちるとそれに従って葉芽の中から葉が出てきます。他の花と比べて特異で、また黄色い花もあります。最も忌み嫌うのは水に浸すことです。接ぎ木には木蓮を用います。木蓮を並べて植えて、秋の終わり以降に玉蘭を接ぎます。

これに引き続き、詩や文学の中で文人たちは白木蓮を様々な異称を使い、表現しています。明代の文人王世懋《おうせいぼう》が著した植物書『學圃雜疏《がくほざっそ》』には、宋代の人たちは「迎春」や「玉樹」と表現していると書かれています。「迎春」とは春先に一気に花咲く姿からそう称されたのでしょうね。「玉樹」とは玉のように美しい樹という意味です。

王世懋の兄である王世貞《せいてい》は『弇山園記《えんざんえんき》』で「如雪」と称しています。同じく明代の画家である沈周《しんしゅう》は詩で「玉雪香」や「白霓裳」と例えています。霓裳は天人、仙女などの衣を意味します。春風に揺れる白木蓮の姿をこのように表現できるのは文人たちの感性ですね。

また『御定佩文齋廣羣芳譜』の木蘭（白、紫を含む木蓮のこと）の項には「黄心」「林蘭」「杜蘭」「廣心樹」「椒桂」などもあります。白楽天は「題令狐家木蘭花」と題された詩で「女郎花」と称しています。ここでいう女郎とは娼婦を指すのではなく、若い女性や少女の意味です。ちなみに日本では「おみなえし」と読み、全く別の花を指します。

辛夷《こぶし》も含むと、あの蕾の姿が筆のように見えることから「木筆」と称されることもあります。文人が好みそうな異称ですね。

これらの異称は画題に使ってみたり、いけばなの盛物に題をする時にご参考になさったりしてみてください。わからないことを調べる時。今はまずネットで検索することが手っ取り早く感じ、当たり前のようになっていますが、中国の古典の奥深さと広さには、ネットもまだまだ及びません。腰を据えてじっくりと古典籍に向かう楽しみ。文人たちの教養の深さを感じ、時には共感する喜びを楽しみとすることは贅沢な時間となります。

春分

二月中

3月20日

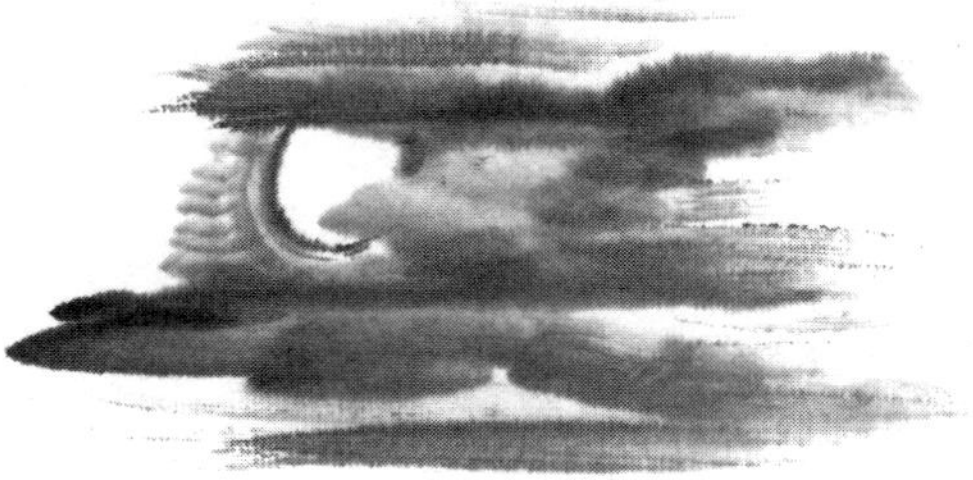

春色

季節の移行の微かな気配

美

北宋の政治家であり、また文人でもある王安石の「夜直《やちょく》」と題された詩です。「夜直」とは宮中での宿直を意味します。

金爐香盡漏聲殘
翦翦輕風陣陣寒
春色惱人眠不得
月移花影上欄干

金炉　香尽きて　漏声《ろうせい》は残り、
翦翦《せんせん》たる軽風　陣陣《じんじん》と寒し。
春色　人を悩まして　眠り得ず、
月は花影を移し　欄干に上らしむ。

金炉…ここでは色を指すのではなく、美しい香炉の意味。／漏声…漏刻（水時計）の音。／翦翦…そよそよ。うすら寒い風の吹く様子。／陣陣…絶えず続く様子。／春色…春の気配。

故郷から遠く離れ、宮使いのため宮中の宿舎で迎える春。美しい香炉から緩やかに立ち上る香の煙はやがて細くなり燃え尽き、水時計から落ちる音は微《かす》かに聞こえ続けています。優しく吹く夜風は絶えることなく、まだ肌寒く感じる夜。

春の訪れを告げる気配は私の心をいっそう物思いに沈ませ、眠りにつくことができずにいます。やがて月は西に傾き始め、明かりは庭前の花影を欄干のところまでのぼらせていました。

たった28字で表現された春夜ですが、微かな動と静の変化の繊細な気配が春の訪れを感じさせてくれます。漂っていたお香の香りが薄らいだことで燃え尽きたことを知り、それに対して、絶えることなく規則正しく落ちる水音。眠れぬ夜の不安をいっそう掻《か》き立てます。

肌寒い春風は故郷から遠く離れて暮らす作者の心までも冷やし、ふと目を開いてみると、天頂にあった月が傾き始め、長いあいだ眠りにつけずにいたことを教えてくれます。誰もが一度は経験したことのある夜だと思いますが、この詩はおよそ千年前の文人に共感し、まるで時を同じに過ごせたような気持ちにさせてくれます。

私は春が嫌いです。奈良の春日奥山原始林の続きにある高円山の森の中で暮らしていますが、長い冬の間、森の木々や昆虫たちと同じように肩をすぼめて、春を待ち望みながらも何もせず、のんびりと暮らしています。ところが2月も終わる頃になると、落葉樹の枝先が細やかに分かれたその先すべてをうっすらと赤く染め、芽吹きの準備を始めます。まずはそこで春の予感があるのですが、まだ外は時折雪がちらほらと舞い、時には積もることも。しかし自然はそのような中でも着々と春に向けて活動を進めています。

そして気が付けば早春の花たちが一気に咲き始めます。庭の花だけ見ても福寿草、満作、山《さん》茱萸《しゅゆ》、馬酔木《あせび》、三又《みつまた》、木蓮など。春は私を背後から一気に抜き去り、置き去りにしていくのです。自然の移ろいに付いて行けない焦りと寂しさが、春を憂鬱にさせる原因だと思っています。この詩のように故郷から遠く離れ家族や友人もいない春の夜。寂しさはいっそう強く感じることでしょう。

春分
二月中
3月20日

江南春

旅の記憶を味わう

江南春

中国文化の研究で知られた青木正児《あおきまさる》先生が、大正11年春に江南地方を巡り書かれた随筆に『江南春』（平凡社東洋文庫）があります。ここでいう江南とは中国の長江下流地域を指し、揚州・蘇州・杭州・紹興・南京など、特に明代から清代にかけて、多くの文人たちが活躍した土地として知られており、日本の文人たちも憧れて止《や》まない文人の故郷です。

唐代の詩人杜牧が「江南春」と題した七言絶句はご存知の方も多くおられることでしょう。私はこの「江南春」という響きに魅《ひ》かれ、幾度か江南地方を巡る旅をしました。

およそ15年前。時は3月の終わり頃。画の弟子たちを伴う旅。上海から蘇州に向かう車窓から見える景色は、水郷の村（古鎮）に石橋。菜の花畑が広がり、その中に点在する紅鮮やかな桃の花がアクセントとなる田園風景。まさに思い描いていた江南の春です。やがて市街地に近づくにつれ、ただ雑踏と喧騒に包まれた都会の様相に変わりましたが、表通りから一歩脇道に入ると、見つけました。狭い水路と石橋。煉瓦壁と染みついた漆喰の壁。せんべいのような薄い瓦。画舫《がぼう》とは呼べそうもない小舟の往来。私が思い描いていた風景です。

司馬遼太郎は『街道をゆく19　中国・江南のみち』（朝日文庫）の中で、どこか水墨画じみたこの景色を「パリの壁よりも美しいです」と同行の挿絵担当の須田（剋太）画伯の言葉を引用します。発展著しい都心部では、もうあの景色を見ることはできないかもしれません。しかし、印象と記憶を画に封じ込め、時計の針を止めることができるのは画家の特権です。

旅を終え、好きな昆曲を聴きながら、現地で買い求めた文人たちが好んだ清明節前につくられた龍井《ロンジン》茶を頂きます。色淡くほのかな甘みと香りを備えた品の良い茶。机上には、明代の民家を解体中の工事現場で拾った軒先瓦の欠片。

記憶が薄らぐほどに、鮮明に際立つ印象。それを呼び起こしてくれるお茶や瓦の欠片。

私の江南春です。

清明

三月節

4月4日

至楽

超えたところにあるもの

至楽
美

春になると山の木々や草花は一気に芽吹き、咲き始めます。昆虫たちも蠢《うごめ》き始め、やがて陽気に誘われ、蝶は花から花へと飛び交い、眺める私も気分は浮かれます。

文人たちに多くの影響を与えた中国春秋時代の思想家、荘周（荘子）。彼が著した『荘子』斉物論第二にある「胡蝶の夢」。夢の中で胡蝶になり、それは楽しく思いのまま。しかし目が覚めるとそこにいるのは周。はたして私は夢の中だけで蝶になったのか、それとも蝶が夢の中で人間になったのか。自分が蝶なのか、蝶が自分なのか区別がつかなくなったというお話です。また『荘子』は外編至楽篇第十八で楽しみについて説いています。

夫天下之所尊者、富貴壽善也。所樂者、身安、厚味、美服、好色、音聲也。所下者、貧賤夭惡也。所苦者、身不得安逸、口不得厚味、形不得美服、目不得好色、耳不得音聲。若不得者、則大憂以懼。其爲形也、亦愚哉。

天下で尊ばれるのは富や高い位を持ったり長生きしたり善い行いをする人です。また人の楽しみといえば身の安泰や美食、綺麗《きれい》な服、恋、優れた音楽の鑑賞です。

これらと比べて良くないことは貧しく卑しい人、短命、悪い行いをした人です。世間の人にとっての苦しみとは、立場が安泰でない、おいしいものを食べられない、綺麗な服を着られない、素敵な異性に出会えない、優れた音楽を聴けないことです。もしそうなれば、人々はすぐに悔やみだして気をもみます。これらはすべて形の上だけで満足を得ようとしているとても愚かなことです。

吾観夫俗之所樂、舉群趣者、誙誙然如将不得已、而皆曰樂者、吾未之樂也。亦未之不樂也。

世俗の人々が楽しんでいるところを見ていても、私にはその楽しみが本当の楽しみなのか、そうでないのかわかりません。私が見る限り、世俗の楽しみは群れをなしてそれに向かう様が何かに駆り立てられているようで、口では「楽しい」と言っていて、私もそれにつきあうこともあるが、それらを楽しいものだと思えないのです。

果有樂無有哉。吾以無爲誠樂矣、又俗之所大苦也。故曰、「至樂無樂、至譽無譽」。天下是非果未可定也。雖然、無為可以定是非。至樂活身、唯無爲幾存。

果たして人にとって本当の楽しみは有るのでしょうか、ないのでしょうか。私が思うに「至上の楽しみとは楽しみを超えてある無為の心地を楽しみとし、最上の名誉は名誉をなくしたところにこそ本当がある」のです。世間の是非は人それぞれの意見もありひとつに定まるものではないのかもしれません。そうはいうものの、無為の境地にあればその是非を定めることもできるでしょう。言い換えれば、是も非も無いと。つまり、至上の楽しみに身を置くということは（世間でいう楽しみではなく）ただ無為なればこそ得られるのです。

さて、如何でしょうか。自分にとって都合の良いことを楽しみと感じるのが一般的な感情とは思うのですが、荘子のいう楽しみとは、「至楽無楽」。楽しみと感じている間は本当の楽しみに到っていないのかもしれませんね。

折柳贈別

別れの思いを託す柳

清明

三月節

4月4日

盛唐時代の詩人王維の「送元二使安西（元二の安西に使するを送る）」と題された七絶詩です。

渭城朝雨浥輕塵　　渭城《いじょう》の朝雨　軽い塵を潤し、
客舎青青柳色新　　客舎　青青として　柳色新たなり。
勸君更盡一杯酒　　君に勧む　更に尽くせ一杯の酒。
西出陽關無故人　　西に出る陽関　故人は無し。

客舎…旅館。旅の宿。／渭城…渭水を挟んで唐の都長安と向かい合う街で、漢の武帝が築いた城。西征の軍を送るところ。長安から西方に旅立つ人をここで見送る習慣だった。／陽関…古くから玉門関とともに西域に通じる街道の要衝として知られた。西の最果て。

渭城に朝から降る雨は細かな砂埃《すなぼこり》まで潤し、旅人の泊まっている宿も雨に洗われ、柳の葉はいっそう瑞々しく鮮やかに。今まさに旅立とうとしている君に、これが最後と勧めるもう一杯の酒。向かう先である西域との境である陽関を出れば、もう友人は誰一人もいないだろうから。

王維は友人を送る想いを詩に残しました。もう少し詳しく、読み解きます。
前日から降る雨は朝になっても止《や》むことは無く、その雨は街や柳だけでなく友人との関係までも清らかなものとしてくれているように感じます。ここで、柳を登場させたことには訳があります。

「柳」は「留」と音が通じることから、引き留めたい気持ちを表し、また柳は生命力が強く土地を移しても枯れずに根付くことから、西域に旅立つ友人の健康を願っていることも意味します。また中国では古来より旅立つ人には柳の枝を折って環にして贈る習慣がありました。これは「環」は「還」に音が通じ、帰還を意味し、再会の願いとしました。いずれにしても、特に再会が困難な場合にこの柳を贈るということをしていました。

そして、夜通し飲み続けてもう十分なはずなのに、更にもう一杯と。この一杯に名残惜しさを表し尽くしています。当時は西域に向かうのはとても危険が伴い、命がけのこと。再会できる保証なんてまったく無い時代ゆえに、この詩の別れの重さがとてもよく伝わります。

ところで、茶の湯ではなぜか新年に限って、ありったけの柳を輪にして床に飾っているのを見かけることがあります。今年一年廻って健康にという意味は分かりますが、本来中国では二度と再会できないであろう別れを意味する環柳です。私にしてみれば、新年早々少し沈んだ思いにさせられます。

やはり柳を題材とした詩で、晩唐時代に活躍した芸妓で女流詩人の魚玄機《ぎょげんき》の「折楊柳」です。

朝朝送別泣花鈿
折盡春風楊柳煙
願得西山無樹木
免教人作涙懸懸

朝朝の送別　花鈿《かでん》に泣き、
折り尽くす春風　楊柳の煙。
願わくば　西山《せいざん》樹木無く、
免れるを人作して　懸懸《けんけん》と涙しむ。

花鈿…花かんざし。ここでは伎女を意味する。／西山…西方の山。ここでは具体的な場所ではなく、もう二度と会えないという意味。／免教…教えを許す。／懸懸…止めどもなく流れ落ちる。

毎日のように朝になると見送る別れがあり、そこにはいつも花簪で飾った女性の涙があるのです。柳の並木は朝靄《もや》に煙り、私は春風に揺れる枝先を折り、環にして別れる貴方に贈ります。
もしも願いが叶うなら、貴方が西に向かって旅立つ目的もなくなればいい。そうなればこの止めどもなく流れ続ける涙の悲しみから免れることができるでしょう。

また帰ってくるとは限らない人を待ち、柳を手折って髪に挿す。再会を願う送別というよりはむしろ離別の意味をもって柳を登場させています。

折柳
贈別
美

穀雨

三月中

4月20日

精行倹徳之人

陸羽の茶の教え

唐代の中頃、陸羽という文人が著した『茶経』は茶の全集です。「経」とは仏教でいうお経ではなく、「おしえ」といった意味に理解すればよいと思います。

茶の樹についての説明から始まり、作るための道具、作り方、飲むための道具、淹《い》れ方、飲み方、史料、産地、省略してよい道具など、10項目に分けて詳しく正確に書かれています。充実した内容で約1200年前に書かれたとは思えない素晴らしい本です。

その一之源の項に、興味深いことが書かれています。

茶之爲用　味至寒　爲飲最宜精行倹徳之人。

茶之《こ》れ用うるを為《な》すに、味は寒に至り、飲むに為すは精行《せいこう》にて倹徳《けんとく》の人に最も宜《よろ》しい。

茶を飲むということは、茶の味は五性の中では寒にあたるもので、行いが精《こま》やかですぐれていて、その上につつましく徳のある人にもっとも相応《ふさわ》しいのです。

ここでいう五性とは、東洋医学において食品に対しての性質を説いたものです。身体を冷やす性質のあるものを寒性、その程度の弱いものは涼性、身体を温めるものが熱性で、その程度の軽いものが温性、体の温冷や体質は関係なく食べやすいものが平性です。

当時の本草書には「熱を治すには寒薬を以《もっ》てす」とあり、体験からこの寒とはきっと心までも冷ましてくれるという意味もあるのではと思うのです。「まぁ、お茶でも飲んで少し落ち着こう」なんて言いますものね。そして「行いが精やかですぐれていて、その上につつましやかで徳のある人にもっとも相応しい」とまで、条件を付けています。

ここでいう精やかとは隅々まで気を配るということ。例えば湯の温度については温度計の無い時代に、沸騰に近づいてくると釜の中の側面に付く泡の状態で計ったり、茶に相応しい器の選択の仕方だったり。また湯を沸かしたり茶を炙《あぶ》ったりする時に使う薪や炭も、肉を焼いた後や生活で使った後の壊れた木製の道具などを使ってはいけないと書かれています。

当時すでに一般にも広がっていた喫茶習慣。このように述べているということは、きっとそうでない人々もいたからでしょうね。日常生活で茶を飲む時、つい無造作に淹れてしまいがちですが、それは精行倹徳の人でない証し。気を付けなければならない陸羽の教えです。

私の茶園は自然栽培（無農薬・無施肥）の手摘みで、薪火を使って火入れ乾燥してお茶を作っています。穀雨の頃、茶の新芽はひと雨ごとに一気に伸び始め、茶摘みに忙しい季節となります。茶の木を育て、摘み、製茶して、そして頂くまで。全ての作業に陸羽の言うこの言葉が当てはまります。そのうえ自然に感謝の気持ちをもって、頂くように心掛けています。

精行儉德人

美

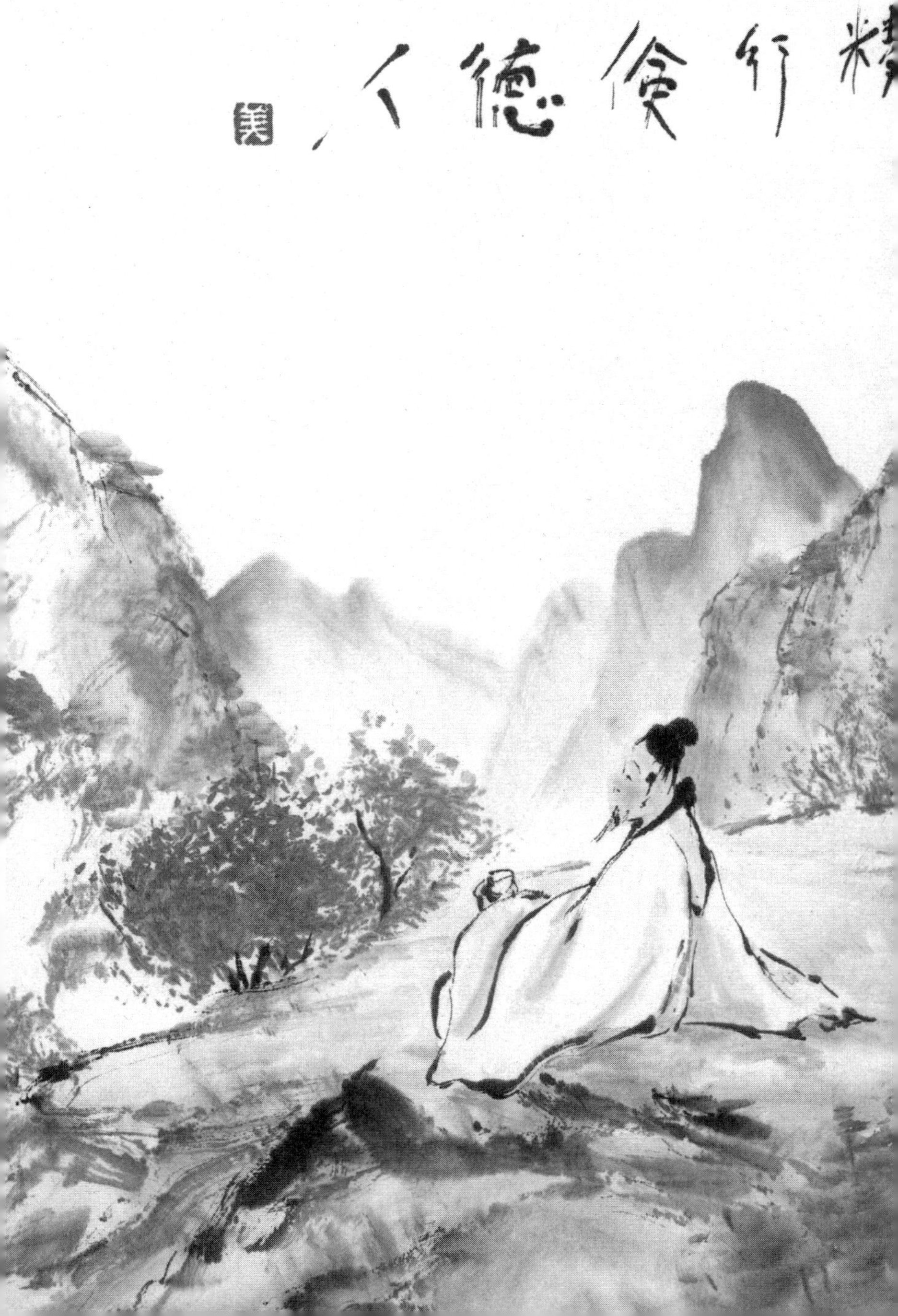

column

旅と茶

私は旅が好きです。といっても大都市や観光名所を巡るのではなく、例えば紀伊半島南西部といったようなおよその見当だけは付け、ひとり車で自然豊かな山や海を目指し、時にはほとんど人も通らないような山奥まで分け入ることもしばしばです。

そしてまずしなければならないことは湧水探しです。車載しているポリタンクに旅の期間に合わせて必要な分だけ汲み頂きます。水さえ確保できればもう安心。旅でいつも思うのですが、日本は水に恵まれているということ。つまり森が豊かということになります。

さて、気に入った場所を見つけると、車を停めて、そこで散策をしたり、読書をしたり、眠たくなれば眠り、歌いたくなれば歌い、時には3日ほど滞在することも。とても簡単なように思えますが、日常の暮らしではなかなか叶《かな》わないこと。

そして、その間にはお茶を淹《い》れるという、ビッグイベントが何よりの楽しみとなります。渓谷で、海岸で、森の中で……。汲んできた水を小さなアルコールランプで湯を沸かし、そして持参した愛玩の茶器を使ってお茶を淹れて飲む。この一連の時間の目的は喉を潤すことではなく、空を眺め、渓流や波の音や鳥の声を聞き、森の匂いや潮風を楽しむ時間となります。そう、山水画の中にいる文人のように、自然に埋もれていく心地よさを楽しむのです。

観溪洗耳掴

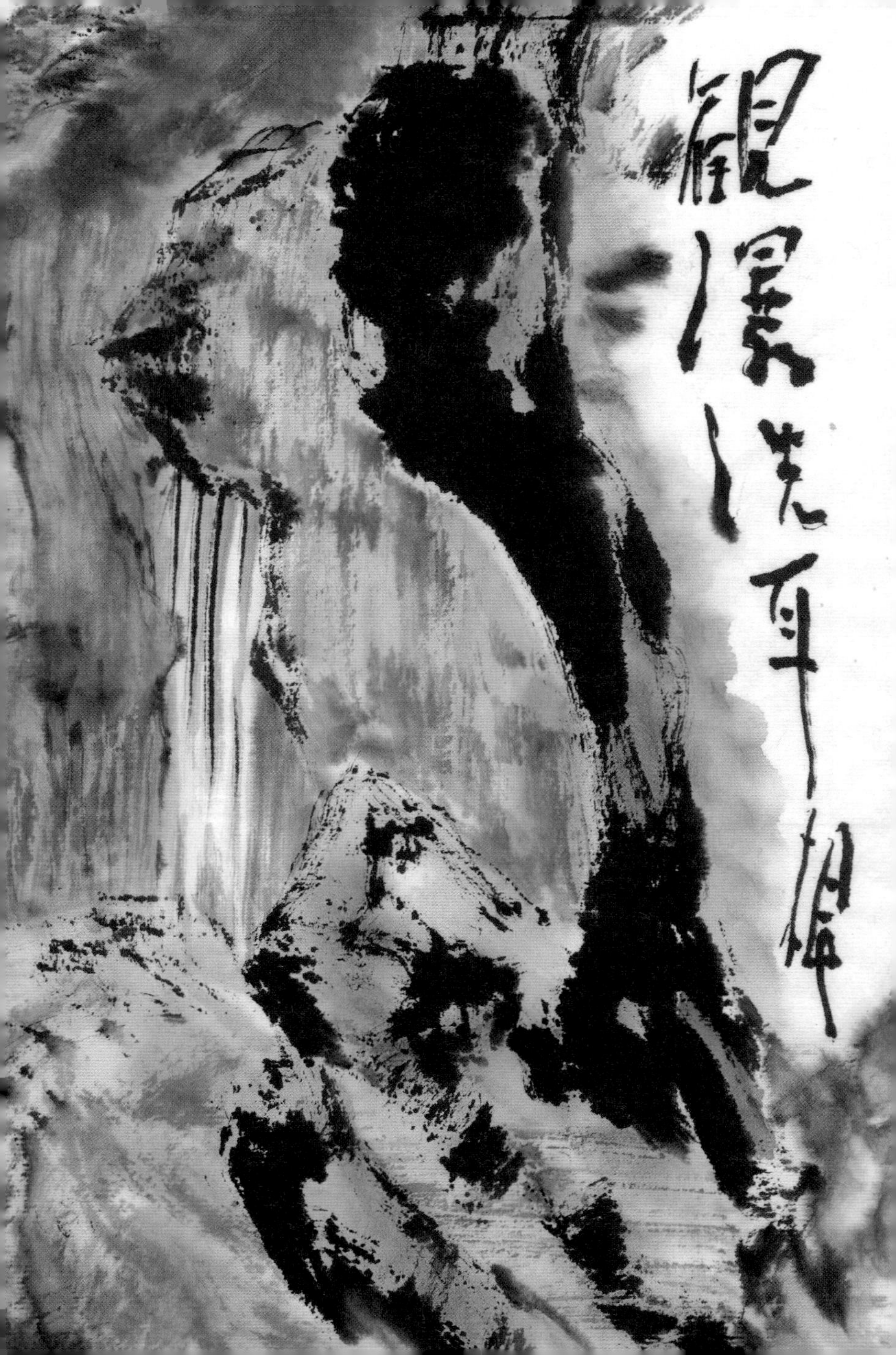

第二章

立夏　小満　芒種　夏至　小暑　大暑

立夏
四月節
5月5日

こいのぼり

由来は登龍門

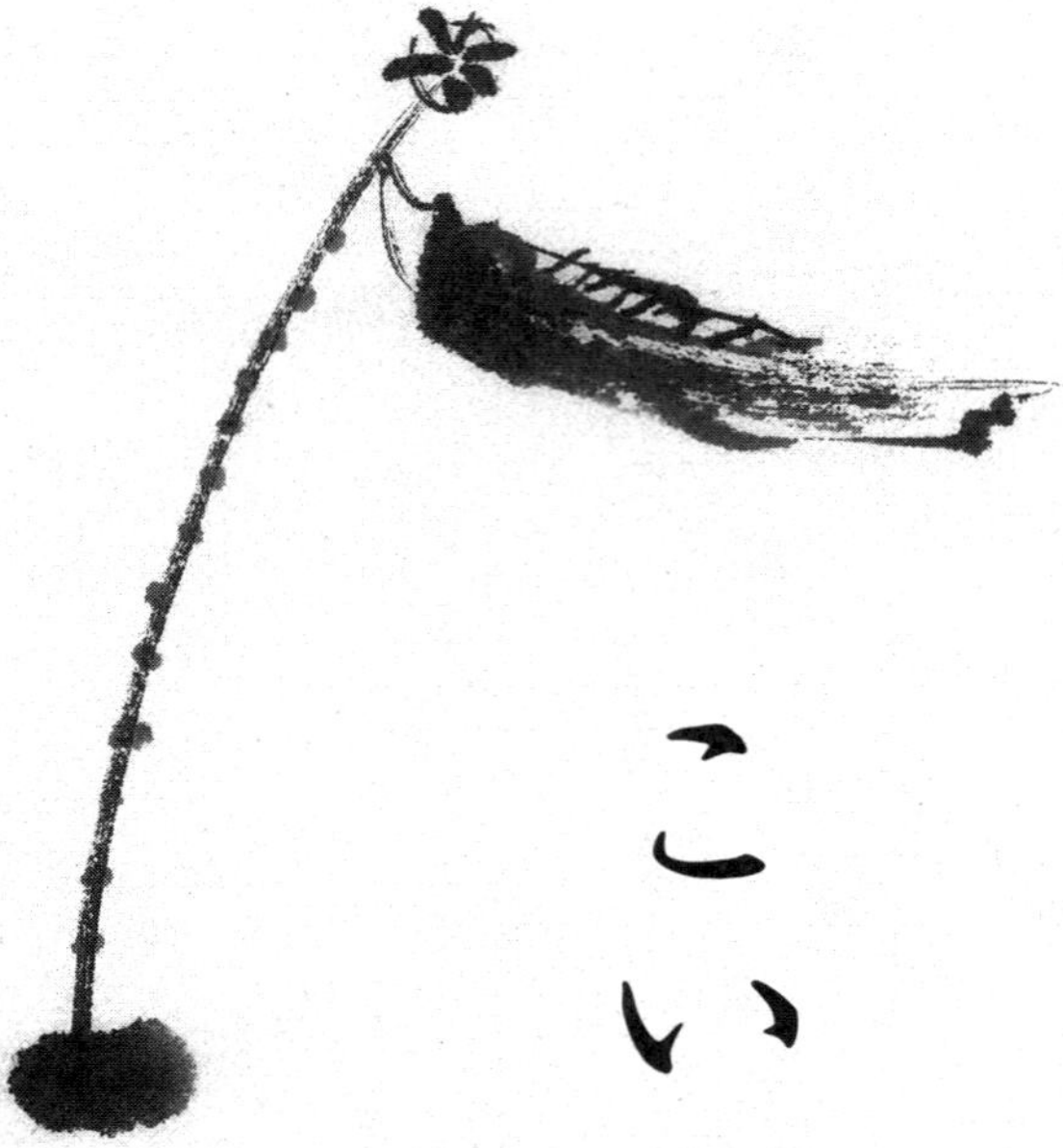

日本でいう五節句のひとつの端午とは、中国から伝わった行事です。端は「はじまり」という意味があり、旧暦では五月は午《うま》の月にあたるところから午月の初めの午の日のことを指し、この日を端午と称するようになりました。または重五、端陽ともいいます。「五」の奇数は陽の数字で、陽気と陽気が重なる「重陽《ちょうご》」とは、易《えき》では佳《よ》いことではなく安静の日です。この端午の日には軒に菖蒲《しょうぶ》や蓬《よもぎ》を挿し、これから向かう夏に向けて毒気を払う日でした。日本でも蓬餅や菖蒲湯はその習慣の名残ですね。

やがて、江戸時代になると武家社会の影響を受けて、端午の節句を男児の日としてこいのぼりを立て、甲冑《かっちゅう》、刀、武者人形などを飾り、出世を願い祝うようになりました。

さて、今回は「こいのぼり」についてお話をさせて頂きます。「こいのぼり」は端午の節句の中の様々な習慣や行事の中で日本独自の風物に思われていますが、実は中国の故事から生まれたものであるということは意外と知られていません。しかし「鯉《こい》の滝登り」と言えば分かるかもしれません。

『後漢書』李膺《りよう》伝に、このような話があります。

是時朝廷日亂、綱紀頽地、膺獨持風裁、以聲名自高。士有被其容接者、名為登龍門。注引『三秦記』河津一名龍門、水険不通、魚鼈之属莫能上、江海大魚薄集龍門下数千、不得上、上則為龍也。

この時、朝廷は日増しに乱れ、綱紀（規律）も守られず退廃していましたが、ただ李膺だけが影響を受けず品格を保ち、その名声に相応《ふさわ》しい人柄を自ら守っていました。このような立派な役人である李膺と交際ができるようになると「龍門に登った（出世した）」と言われました。

『三秦記』によると、河津（山西省河津市の間を流れる黄河中流の急流な流れがあるところ）は、一名を龍門と呼ばれ、激しい急流で危険なため、魚やすっぽんの類などはそこを通り抜けることはできません。大きな川や海から大魚が数千匹もこの龍門の下に集まって来ますが、多くは登りきることはできず、もし登りきれたなら、その魚は龍となるのです。

これが「登龍門」の語の由来となった出典のひとつです。

このような話から中国では出世した人を龍に例え、そして出世するためには登龍門を過ぎなければならないという慣用句が使われるようになりました。

やがてそれは日本にも伝わり、特に立身出世を望む武家社会においては、この登龍門の話はとても好まれ、その姿を「こいのぼり」に托す独自の風物となりました。

最上部の吹き流しは激しい急流を、真鯉はその急流を登ろうとする大魚を表しています。風が強く吹くほどに吹き流しは激しく流れ乱れ、それと共に大魚もその風に流され、体をくね

らせながら龍門に向かって登っているように見えます。最上部にある矢車のカラカラという音は激流がはじけ砕ける水音です。より高く、より大きな「こいのぼり」を競って飾り立てたのは、その家に生まれた子供がやがて龍門を登りきり、誰よりも高く龍となるよう願った証しです。

しかし、この出典からすると、現代の「こいのぼり」の姿には疑問が生じます。緋《ひ》鯉や子供の鯉も一緒に引き連れて龍門を上がろうとしています。これでは重荷になってとうてい龍門を登りきることはできそうにないですね。まだ龍門を登り切っていない鯉にどのような事情で家族も引き連れた「こいのぼり」ができたのかは分かりませんが、江戸時代の浮世絵師歌川広重の「名所江戸百景 水道橋駿河台之図」を見ますと「こいのぼり」は真鯉だけで遠くに吹き流しのみ描かれています。

日本独自の文化と思っていても、意外と海外から伝わったものも少なくありません。特に中国の影響は大きく、中国の古典を学ぶことで、日本の文化をより深く、正しく理解できる機会となることが多くあります。

牡丹

玄宗が愛した花中の王

立夏

四月節

5月5日

中国西北部原産の牡丹《ぼたん》ですが、もともとは薬用として栽培されていたそうです。唐の時代、玄宗皇帝が牡丹を特別に愛でたことから始まり、盛唐期には都である長安に多く移植珍重されました。貴族たちの庭を飾り、花の頃には幔幕《まんまく》を張り巡らされ宴席まで設け、観賞されるようになったそうです。それ以後「花中の王」と称され、人々が競って牡丹の花を愛でました。

白楽天（白居易）の「新楽府其二十八牡丹芳」にはこう詠われ、その様子が窺《うかが》われます。「花開き花落つる二十日。一城（街中）の人皆狂えるが若《ごと》し」と。

また、李肇《りちょう》の著した『唐国史補』には「（牡丹を）耽玩《たんがん》せざるをもって恥と為《な》す」とまで記し「一本に値数万なるものあり」と。かなり異常なまでの牡丹の人気です。

時代は少し下がり、北宋時代の哲学者周敦頤《しゅうとんい》が詠んだ『愛蓮説』には牡丹についてこう述べています。「李唐自《よ》りこのかた、世人甚《はなは》だ牡丹を愛す」と。また「牡丹は華の富貴なる者」と。

また同じ宋代の文人欧陽脩《おうようしゅう》は『洛陽牡丹記』という牡丹の専門書まで著し、南宋の文人陸《りく》游《ゆう》も『天彭牡丹譜』と題した書を残しています。唐代から皆に愛されて続け、現在でも河南省の洛陽や四川省の彭州市（天彭）は牡丹の名産地として知られています。

中唐の詩人、皮日休の詩をご紹介します。

落盡殘紅始吐芳　残紅を落とし尽くし　始《はじ》めて芳しく吐く。
佳名喚作百花王　佳名喚《よ》びて　百花の王と作《な》す。
競誇天下無雙艶　競い誇る　天下無双の艶、
獨占人間第一香　独り占《し》む　人間《じんかん》第一の香。

華やかに咲き誇っていた春の花々が散り尽くす頃になって花開き始める牡丹。その美しい姿を人々は「百花の王」と呼び称《たた》えています。それは天下に二つと無い艶《あで》やかさで、牡丹の花どうしが競い誇り、この世で一番優れた香りを、今一人で独占しています。

日本の文人にも目を向けてみましょう。江戸後期に活躍した文人画家田能村竹田《たのむらちくでん》が『亦復《またまた》一楽帖《いちらくじょう》』の中に牡丹を一葉描いています。その画には以下のような題を添えています。

唐人有句咏牡丹曰「若教解語當傾國」此句言其明麗豊艶盡矣。而世有花之能解語動人傾國者、寔繁吾輩捨。彼取此缾頭揷置、終日對賞亦復一樂。蓋特以其不解語也。

唐人に牡丹を詠じた句があります。「もしも牡丹が言葉を話すことができたら、まさに国を傾けることができるであろう」と。この句は牡丹の明麗豊艶な姿を言い尽くしています。しかるに世の中には言葉のわかる美しい花（美人のこと）はまことに多くおられます。私はそれを捨て、これ（牡丹の花）を取り、花瓶に挿し置いて一日中これに対して観賞するのです。これはまた一つの楽しみとなるのです。

牡丹を「傾国美人（君主がその女色に溺れて政治を顧みず、国を傾けてしまうほどの美人の意）」に例えることに同意していますが、それをよしとせず竹田は言葉を話すことのできない美人、つまり牡丹を部屋に招き入れ、一日共に過ごすことをひとつの楽しみとする、と最後にまとめています。多くの文人たちを魅了して止《や》まない牡丹。その華やかさを描いてみましたが、やはり私の技量では国を傾けるほど美しく描くことはできません。

獨占人間第一香
美

小満
四月中
5月21日

映山紅

山、紅に映ず

画題の「映山紅」とはツツジの異称で、特にサツキツツジを指すこともあります。このツツジを日本の漢字表記では「躑躅」と書きますが、中国では「杜鵑」と書きます。ところが日本で杜鵑というと鳥のホトトギスを指し、他にも漢字表記では不如帰、時鳥、杜宇、蜀魂、田鵑、子規など多くあります。また日本に自生する「杜鵑草（ホトトギス）」という名の山野草もありますね。日中で、植物と鳥の名前が混在し、すこしややこしいのですが、これはまだ序の口です。

盛唐時代の詩人、李白の「宣城《せんじょう》にて杜鵑花《とけんか》を見る」と題されたツツジを詠った詩を紹介します。

蜀國曾聞子規鳥　蜀《しょく》国にかつて聞く　子規《しき》鳥、
宣城還見杜鵑花　宣城にて還《ま》た見る　杜鵑花。
一叫一廻腸一斷　一叫一廻　一断の腸、
三春三月憶三巴　三春三月　三巴《さんぱ》を憶う。

蜀…三国時代の蜀漢の国。現在の四川省・湖北省一帯および雲南省の一部。ここでは李白の故郷を意味する。／子規鳥…ホトトギスのこと。／宣城…現在の安徽省南部の宣城。ここでは故郷から遠く離れたところ、という意味。／杜鵑花…ツツジのこと。杜鵑はホトトギスの異称。／三巴…故郷の蜀の国の地域の名前。李白の故郷を意味する。

峡山紅
美

かつて故郷である蜀の国で子規鳥（ホトトギス）の声を聞いていましたが、今宣城で、また杜鵑の花を見ました。ひとたびホトトギスが鳴けば、ひとたび廻《めぐ》る断腸の思い。晩春の3月（旧暦）になると、故郷である蜀の国の三巴を思い出します。

李白はこの詩でツツジのことを杜鵑花、ホトトギスのことを子規鳥と称しています。そして、ツツジの花を見て、故郷で聞いたホトトギスの声を思い出し、断腸の思いに駆られると詠っています。

中国東晋の永和11年（355年）に編纂された地誌である『華陽国志《かようこくし》』に、このような話が書かれています。少し長いので、要約します。ちなみに「華陽」とは巴・蜀・漢中を総称した地域を意味します。

その昔、蜀の国に杜宇という王がおり、農業を発展させるように教え導いたため、人々は彼を尊敬しました。杜宇は魚や米を採る地域を整備し、汶山を牧畜の地とし、南中を国の公園としました。水害が発生した時には宰相である開明は玉壘山を開削し、混乱を鎮めました。やがて杜宇は優秀な部下に王の位を譲りました。その後杜宇は亡くなりましたが、その魂は西山に隠棲していると信じられ、毎年2月（旧暦）に種まきの時期を知らせるように鵑鳥（ホトトギス）が鳴くのを蜀の人々は皆これは杜宇が教えてくれているのだというようになりました。巴国もまた杜宇の教えを受け入れて農業生産に励み、巴と蜀の国の人々は種まきの前になると、杜宇を祭るようになったそうです。『華陽国志』巻三蜀史この話から杜宇王の名を冠した鵑鳥、つまり杜鵑という漢字表記になったのでしょうね。この後、正確な出典は分からないのですが、話は続きます。

しかし、やがて蜀は秦に滅ぼされ、それを知った杜宇（ホトトギス）は「不如帰去（帰り去ることができない）」と自分の国を失ったことを嘆きます。それでも種まきの時期が来たことを伝えようと、血を吐くまで鳴き続けたことから口が赤く染まったと言われ、またこの季節になるとその血が野山を染めてツツジの花となり、鮮やかな紅色に点々と飾られます。

あの正岡子規の名前もこの話が由来となっています。子規という俳号は李白の詩にもあるように、ホトトギスの異称のひとつです。若い頃から当時は不治の病とされていた肺結核を患い喀血《かっけつ》もあったため、ホトトギスに重ね子規と自ら号したそうです。また創刊時撰者でもあった俳句雑誌『ほとゝぎす（後にホトトギス）』も正岡子規の名前から付けられました。

高円山の自宅の庭には多くのツツジがあります。ミツバツツジから始まり、その後品種はよくわかりませんが大きな花、小さな花、色も白、赤、ピンク、紫、オレンジと多種多様のツツジが庭を彩り、最後にサツキツツジが咲く頃には山の様子にも夏の気配が感じられます。

長い歴史に中で、人の暮らしと寄り添うように育ってきた植物には、必ずといっていいほど文学や絵画があり、それを学ぶと、いっそう自然を身近に感じることができます。

緑陰

森で茶を淹れる

芒種

五月節

6月5日

春の山野に彩りを添えていた色鮮やかな花の数々も一息つき、雑木林ではいたるところにガマズミ、ウツギ、ノイバラなど、白く細やかな花が、若葉の緑を引き立てるよう控えめに咲き始めます。春とは違う、心を穏やかにさせてくれる新緑の季節の到来です。

森を巡るには最適の季節。さぁ、茶道具を籠に詰めて、雑木林を歩いてみましょう。

見上げると木々の若葉は光を透《とお》し、葉の重なりは細やかな緑のグラデーション。林間を渡る緩やかな風が枝を揺らし、キラキラと輝かせています。やがて夏も近づくと、強い日差しとたっぷりの水分で葉は厚さを増して深い緑陰となり、足下の苔《こけ》も雨を重ねるたびにボリュームを増し、石や木の根を包み込み天地共に深い緑に包まれることになるでしょう。

緑陰の中をどれくらい歩いたのでしょう。川辺に腰を下ろし、茶を淹《い》れる湯が沸くまでの間、眼前の自然を眺めていると、山水画を描くことを楽しみとしている私には現実と画の境界線が薄らいでいきます。いつの間にか画の世界に迷い込み、描いている気分に。

墨一色でこの新緑の自然を描こうとするには様々な工夫が必要となります。

例えば「点苔《てんたい》」と呼ばれる技法は、濃墨の点を意を得たところに打ちます。岩肌の苔や草木を表現し、目に見えない湿気までも意識して打ちます。山の峰や谷、木の根元や草叢《くさむら》、渓流の岩の割れ目や頂など。また、森は墨の濃淡で奥深さを表現しますが、霧や霞を描くことで湿度や匂いを。細かな枝ぶりや若葉の柔らかな茂みで、そこに暮らす生き物たちの姿まで感じるよう意識して描きます。

そろそろお湯が沸いたようです。茶を頂きながらもう少しここに留《とど》まることにしましょう。

北宋時代の政治家としても活躍した文人である王安石の「初夏即事」と題された詩です。

石梁茅屋有彎碕
流水濺濺度兩陂
晴日暖風生麥氣
綠陰幽草勝花時

石梁《せきりょう》　茅屋《ぼうおく》　湾碕《わんき》有り。
流水　濺濺《せんせん》として両陂《りょうは》を度《わた》る。
晴日　暖風　麦気《ばくき》生じ、
緑陰　幽草《ゆうそう》　花時に勝る。

石梁…石で造られた橋。／茅屋…粗末な家。茅葺の家。／湾碕…弓なりに曲がる岸辺。／濺濺…流水の音。／両陂…両岸の間。／麦気…麦の穂を渡る風。その季節。5月下旬から6月初旬。／幽草…深く茂った草。

くねくね曲がった岸辺には石の橋、粗末な小屋があり、流れる水の音は土手の間を抜けていきます。晴れ渡る空、暖かな風から麦の穂が色付く季節を感じ、新緑の木陰にかすむ深い草むらは春の花の美しさに勝る風情です。

政治の世界に奔走していた王安石も、花満ちた華やかな春の景色よりも、夏までの僅かな間に輝く新緑に魅了された一人です。

此君

竹は俗界を断つ結界

夏至

五月中

6月21日

春に土の中から顔を覗《のぞ》かせた筍《たけのこ》は皮を落としながら一気に上へ上へと伸び、やがてひと節ごとに枝を左右に振り分けその先に真新しい葉を広げます。一年目の竿《さお》は特に生命力に満ち溢《あふ》れ、白い粉を纏《まと》うその色は柔らかく、青竹とは区別して若竹色と呼び分ける理由がそこにあります。

この季節、腰に蚊取り線香をぶら下げて、竹林の中を漫《そぞ》ろに歩きながら見上げると、細やかな葉が空を覆い、強い日差しを和らげ、緩やかな光が足下に届きます。腰を下ろしてみましょう。ゆ〜らゆ〜らとゆっくり揺れる竿。葉が擦れる音、鳥の鳴き声、通り抜ける風、そして腐葉土の匂い。垂直に伸びる碧い竿に囲まれ身を置くことが、森とは違う清涼感を生み、それは安心感にもなり、ずっとここにいたいとまで思わせてくれます。

竹を愛した文人は数えきれないほど多くいます。そのひとり、晋代の文人で書聖と称された王羲之《おうぎし》の子である王徽之《おうきし》の話です。『晋書』王徽之伝に書かれている一節です。

嘗寄居空宅中、便令種竹。或問其故。徽之但嘯詠指竹曰、何可一日無此君邪。

嘗《かつ》て空宅に寄居し、便《すなわ》ち竹を植えしむ。或《あ》るいは其の故を問う。徽之はただ竹を指して嘯詠《しょうえい》し曰く、何ぞ一日も此《こ》の君の無かる可《べ》けんや。

王徽之は、かつて空き家を見つけてそこでしばらく暮らすことにしました。そして数種の竹を植えさせました。ある人が「どうして竹を植える必要があるのですか」と尋ねると、王徽之は詩を詠いながら竹を指さしこう答えました。「どうして一日たりともこの君（竹）が無くていられるであろうか」と。

よほど竹を愛したのでしょうね。竹林に囲まれる心地よさはわかる気がします。文人画にも竹林は度々描かれますが、そのほとんどは俗界を遮断するための結界の役割をしています。

もう一人、私の好きな清代に活躍した文人の鄭板橋《ていはんきょう》の詩を紹介します。

鄭板橋は44歳にして進士に及第し、役人として各地を転々としましたが、彼の清廉潔白な行為や言動が他の役人たちの反発を買います。やがて自ら職を離れ、故郷の揚州に帰り、その後は売画生活で一生を終えた文人です。

彼は詩書画すべて優れ、特に竹の画を得意としていました。そのうえ彼の振る舞いから多くの賛同者があり、生前より現代まで彼の評価は揺るぐことはありません。

不是春風不是秋風。新篁初放在夏月中。能驅吾暑、能豁吾胸。君子之徳、大王之雄。

これ春風しからずこれ秋風しからず。新篁は初めて放つ夏月の中に在り。吾暑驅《はら》うを能くし、吾胸豁《ひろ》くを能くす。君子の徳、大王の雄。

春風でもなく、秋風でもありません。新しい竹が新しい葉を開くのはまさに夏のさなかですが、竹は私の暑さを払い、私の胸をからっとさせてくれるのです。それはまさしく君子の徳であり、大王の雄のように素晴らしいのです。

私も好んで竹を描きますが、こんなことがありました。

以前私のアトリエにスヌーピーで知られている「ピーナッツ」の原作者であるチャールズ・M・シュルツさんの奥様が遊びに来られ、何か画を描いて差し上げたいと伝えると竹を描いて欲しいとリクエストを。私が竹を描き、彼女に「これは竹を描いたのではないです。私自身です」と伝えると「スパーキー（シュルツさんのこと）も同じことを言ってたわ。私の描くチャーリーブラウンは私自身だって」、そして「You do too」と。

竹の画に出会った時。その画を描いた人となりを感じ取ることが正しい鑑賞の方法かも知れません。そうなると、まずは自分自身を磨かなければなりませんね。「画は人なり」です。

此君

夏至

五月中

6月21日

幽玄

無一物の中は無尽蔵

旅で山深く分け入ったとき。特に雨が降り出すと眼前の景色はみるみるうちに霧が立ち込め、あっという間に視界は塞がれてしまいます。やがて雨は小降りになり薄っすらと景色が蘇り始めます。このような情景に出会った時に「まるで幽玄の世界だね」と言葉で表現するのでは。

しかしこの「幽玄」。言葉で伝え納得していても、お互いに理解できていないのか、それとも、理解できているけれど説明できないのか。よくわかりませんが、日本人であればなんとなく伝わるこの「幽玄」という感覚について考えてみたことがあります。

「幽玄」という表現は、自然の情景、日本の伝統芸能や文学、絵画、映像などで本当に心からそう感じる時があります。そこで、まずは漢字から紐《ひも》解いてみましょう。

「幽」には様々な意味があります。かくれる、ひそむ、かくす、あきらかでないとか、また奥深い、深くて遠い。奥深くてもの静か、暗いところ、と具体的な場所を指す場合も。

漢詩にも幽隠、幽韻、幽遠、幽居、幽境、幽興、幽香、幽篁《ゆうこう》、幽谷、幽人、幽石、幽鳥、深山幽谷など、「幽」を使った表現は多く用いられています。

「玄」には、くろ、くろい、暗いなどの意味があり、また、遠い、奥深い、静かなど「幽」と同じような意味もあります。また非常に優れているたとえとしても使われます。「玄人《くろうと》」などもそういった意味ですね。

「玄」にはくろ、という意味もありますが、色としての黒ではありません。奥深く、暗く、静かで光の射さない色の世界をいいます。例えば無数の色が重なりあうと、やがて色彩として区別できなくなるような重厚な色となるでしょう。それを色として区別するなら黒ということになるかもしれませんが、黒ではありません。これを玄と理解します。言い換えればそこには無数の色があり、生じるということになります。

また、色として相反する白。この白はどのような色を置いてもその色に染まることができる世界。つまり、無色だからこそ、一点の汚れも無いので、そこには全ての色が表現でき、また宇宙の全てをそこに描くことができるということになるでしょう。これを禅説くのであれば「無一物中無尽蔵」(無一物の中は、無尽蔵である)ということになります。

光の感覚からも探ってみましょう。

太陽光の下で見える無数の色彩ですが、日が暮れるにしたがって徐々に暗くなり始めます。同じ物質でも光が減衰し始めると、色は変化し、濃密な感じになっていきます。やがてもっと暗くなるとほとんど色の区別はなくなり、ただ物質の存在だけが形として見えています。そして、完全な暗黒に。存在の識別もできません。

しかし視覚的にはなにも見えませんが、そこに実体は存在し、心中の記憶と共に、人には存在が理解できます。この存在を「玄」と理解してはどうでしょう。この暗闇である「玄」から、すべてが生じるのです。

「玄」について、老子の『道徳経』にこう書かれています。

道可道、非常道。名可名、非常名。無名天地之始、有名萬物之母。故常無欲以観其妙、常有欲以觀其徼。此兩者同出而異名。同謂之玄。玄之又玄、衆妙之門。

道の道とすべきは、常《つね》の道に非《あら》ず。名の名とすべきは、常の名に非ず。名無きは天地の始め、名有るは万物《ばんぶつ》の母。故《ゆえ》に常に無欲にしてその妙を観、常に有欲にしてその徼《きょう》を観る。この両者は同じきに出で而《しか》も名を異にす。同じきを、これを玄と謂《い》い、玄のまた玄は、衆妙《しゅうみょう》の門なり。

これが「道」だと言い表せるような本当の道は不変不朽のもので、ありきたりの道ではありません。これが「名」だと呼べるような本当の名とは真実不変のもので、ただ名付けられたものをいうのではありません。天地が創られた時にはすべてにまだ名などは存在していず、万物が生み出された後、それらは名づけられました。だから常に無欲な心をもっていれば、万物の深遠なる姿（妙）を理解（観）することができるでしょう。欲望をもちながらこのことに向かえば、その本質を得ることができないまま理解できたつもりとなるでしょう。とはいっても、これら万物は一つの根源から生じているのだから、名は異なっているだけということになります。そして、その根源を「玄」といい、その玄のさらにまた玄から、ありとあらゆる万物が生み出されているのです。

「幽玄」……。簡単に使っている表現ですが、深い意味がそこに潜んでいます。

微風吹幽松　近聴声愈好

微風幽松《ゆうしょう》を吹く　近く聴けば声いよいよ好し。

微かな風が、霞のかかり姿の見えない松林に吹いています。その音は近づくほどに良いものとなってきました。

禅の修行の中で使われる句です。霞がかかってまだ姿の見えない松、つまり真実を悟りとします。その真実である妙が霞で見えない中、感じるには無欲であることが大切であると老子は説き、禅では悟りといいます。その妙を感じ取る感覚を「幽玄」と言い表しているように思います。

小暑

六月節

7月7日

推枕軒中聴雨眠

雨を聴いて眠ろう

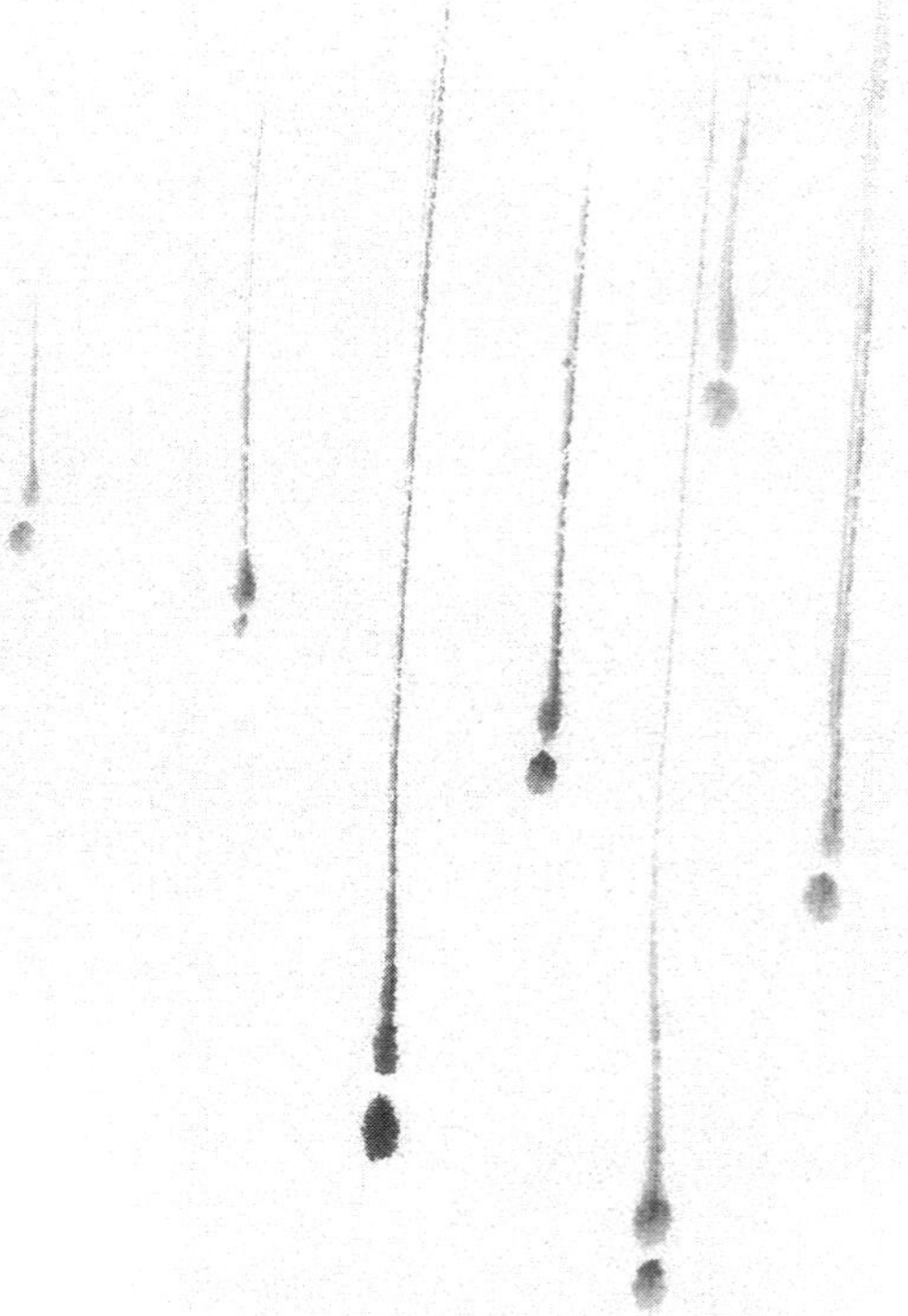

梅雨の頃。街で暮らしていると連日降り続く雨は鬱陶《うっとう》しく感じますが、それは人の都合。森の中で暮らしている私には、雨は木々や草花たちを潤すもので、ひと雨ごとに山全体が色濃くなり、その姿は力強く悦んでいるように感じます。そしてまもなく訪れる厳しい夏を乗り切るための休養時間でもあり、その中に身を置いて暮らしている私も雨の日は外の仕事もできず、部屋で本を読みながら心穏やかに過ごすことができる時間となります。

過去の文人たちは雨に心動かされ、多くの詩を残しています。

それは暮らしの不都合や鬱陶しさを詠うのではなく、寂しさや悲しみだけでもなく、静寂、平穏、緩やかな彩度、洗浄、清涼感、雨音などの情緒に触発され、また静かに自分を見つめる時間として、雨をとらえています。

元代の僧である晦機元熙《まいきげんき》の詩の中の「人間萬時塞翁馬　推枕軒中聴雨眠」はとても知られた句です。「人間万事《にんげんばんじ》塞翁《さいおう》が馬」とは、ご存じの方も多いと思いますが、不運に思えたことが幸運につながったり、その逆だったりすることのたとえで、出典は前漢の劉安が撰した『淮《え》南子《なんじ》』の人間訓にあります。

そして続く「推枕軒中《すいちんけんちゅう》、雨を聴いて眠る」とは、そのようなことを思い悩むことはせずに、雨音を聞いて眠ることにしよう、といった意味です。ここで雨音を聞きながら、という情景を加えることで、雨だから動くのも億劫《おっくう》になり、その上煩わしい悩みも雨が流し去ってくれるという意味も含んでいるように感じます。言い換えると、雨音は心の悩みや煩わしさを忘れさせてくれるということになるのではないでしょうか。

引き続き雨を詠った詩をご紹介します。盛唐代の釈皎然《こうねん》の五言律詩です。

片雨払檐楹
煩襟四座清
霏微過麦隴
蕭散傍莎城
静愛和花落
幽聞入竹声
朝観趣無限
高咏寄深情

片雨《へんう》　檐楹《えいえい》を払い、
煩襟《はんきん》　四座清し。
霏微《ひび》として　麦隴《ばくろう》を過ぎ、
蕭散《しょうさん》として　莎城の傍ら。
静かに愛す　花に和して落つるを、
幽《かす》かに聞く　竹に入る声を。
朝《あした》に観じ　趣限ること無し、
高咏《こうえい》し深情を寄す。

片雨…一陣の雨。／檐楹…「檐」はのき、「楹」ははしら。／煩襟…わずらわしい思い。心中のもだえ。／霏微…雨が細かに降るさま。／麦隴…畑。麦畑。／蕭散…風や落葉のものさびしい音の形容。／朝…あさ。ある日。／高咏…声高く歌うこと。格調の高いすぐれた詩歌。／深情…心静かな気持ち。もの静かな心。

にわか雨は軒先や柱までも濡らし、それまでの鬱陶しい気持ちは、この雨で辺《あた》りすべてを清らかにしてくれました。

細やかに降る雨は畑を濡らしながら通り過ぎ、もの寂しい風の音は城壁の傍らにある私の家まで聞こえてきます。

先ほどまで心を静かにして愛でていた花びらは雨と共に落ち、竹林に降り注ぐ雨の音が、微かに聞こえています。一日中、風情を眺め過ごしていましたが、興味が尽きることなどは無いのです。この格調の高い情景を吟じ、深くあなたを思う気持ちを詩に残すことにしました。


難しい熟語が多く、少し読みづらいかもしれませんが、ひとつずつ意味が分かると、とても臨場感を感じる詩です。何度も読み返し、情景を想像しながらこの詩を味わってみてください。

八風吹不動

周囲にとらわれない心

大暑

六月中

7月22日

あまりの猛暑の中では風鈴の音で涼を感じることも困難ですが、窓辺に吊るした風鈴の音を聞きながらこの原稿を書いているうちに脳みそはフル回転。しばらくの間、暑さを忘れることができました。

私が好きな漢詩集に、唐代に天台山に棲んだ隠者である寒山の詩集『寒山詩』(正しくは『寒山子詩集』または『三隠集』『三隠詩集』とも言われる)があります。特に禅の僧侶の間でとても好まれ多く読まれてきました。

その中の一句に「八風《はっぷう》吹けども動ぜず」とあります。禅語としては、苦難の風(八風)に当たっても決して動じることがない、という意味だそうです。

この八風とは吹く風そのものをいうのではなく、様々な方向に揺れる心の姿を表しています。禅ではこの八風を具体的に挙げています。

利(りこ)　　自己の利欲に執《とら》われ、自分だけはと願う心。
誉(ほまれ)　　名聞名誉に執われ、誉められたいと願う心。
称(たたえ)　　人々から称賛されたいと、願う心。
楽(たのしみ)　　享楽にふけり、楽《らく》をしたいと願う心。

これらを「四順《しじゅん》」といい、こういう風が吹いてくれと願う欲のことで「煩悩心」ですね。
そして、以下を「四違《しい》」といいます。

衰（おとろえ）　気力、活力の衰え、人生の衰えた姿。
毀（けなし）　他の人から批判され、けなされる姿。
譏（そしり）　他の人から、そしられる姿。
苦（くるしみ）　人生の苦難、苦境にさらされる姿。

こういう風が吹かないでくれという願わないタイプの欲で、「四順」とは反対のことですが、やはりこれも「煩悩心」となります。

この八種の煩悩の風に迷うことなく、惑わされることなく、動じない確固たる心でありなさいという教えが「八風吹不動」の意味だそうですが、私はこの読み解きを好みません。なぜなら苦しみを苦しみと理解することで、いっそう八風に耐えなければならないという苦しみが増すばかりとなるようで。

では、これは如何でしょうか。

禅宗史伝の書の一つ『嘉泰普灯録』巻十六にあります。

滴了東了滴了東

風吹不動天辺月　　風吹けども動ぜず天辺の月。
雪圧難摧澗底松　　雪圧《お》せども摧《くだ》け難し澗底《かんてい》の松。

摧く…くだく。くじく。／澗底…谷間の底。

風が吹き、辺《あた》りの草木は全て揺れ動き、空に雲は流れていても、はるか天上に輝く月は変わりありません。また、大雪が降れば、辺りの木や草はその重さに耐えかね、折れたり潰され埋もれてしまうけれど、それでも谷底に育った松は、雪の重みにくじけることなく立っています。

前述の「八風吹不動」の理解と、この対句の理解は少し違いますね。八風にただひたすら耐えろと教えているのではなく、風が吹けども風とは縁のない天上の月。雪が降り積もっても松は細い葉で雪をかわし何喰わぬ顔をして変わりなく立っているようです。つまり、踏ん張ったり我慢したりではなく、そもそも八風に関わらない、囚《とら》われないことを教えています。そう理解するとこちらの方がすこし合点がいきます。

社会では止《や》むことなく四方八方から誘惑や苦しみの風が吹き寄せ、そのたびに心や身体は靡《なび》き、居の定まらぬ毎日です。解決方法はこの句にある月や松のように八風に囚われることのない場所を見つけることなのですが。

その答えはこの詩にあるのかもしれません。

中国天童山に住した如浄禅師の『如浄語録』に「風鈴頌」と題された詩があり、弟子であった日本の曹洞宗の開祖でおられる道元禅師の『正法眼蔵』第二「摩訶般若波羅蜜《まかはんにゃはらみつ》」にもこの詩について語られています。

渾身似口掛虚空
不問東西南北風
一等爲他談般若
滴丁東了滴丁東

渾身《こんしん》口に似て虚空《こくう》に掛かり、
東西南北の風を問わず。
一等に他が為に般若《はんにゃ》を談ず。
滴丁東了滴丁東（音訳チチンツンリャンチチンツン）。

渾身…からだ全体。全身。満身。／虚空…何もない空間、大空。何も妨げるものがなく、すべてのものの存在する場所。／般若…悟りを得る智慧《ちえ》。真理を把握する智慧。

風鈴は全身を口にして虚空に掛かり、東西南北の別を問うことなく、一様に口全体で本来の面目（真実）を語りつくしています、チリンチリンと。

まさしくこの境地ですね。

瀉下清香露一杯

早朝の蓮の芳香

大暑

六月中

7月22日

私は数ある夏の花の中で、とりわけ蓮《はす》に惹《ひ》かれます。多くの文人たちも蓮の姿、そして香りに魅了され続けてきました。晩唐時代の文人韓偓《かんあく》の「野塘《やとう》」と題された詩です。

侵暁乗涼偶独来
不因魚躍見萍開
捲荷忽被微風触
瀉下清香露一杯

暁《あかつき》を侵《おか》し　涼に乗じて　偶《たま》たま独り来る。
魚の躍るに因《よ》らずして、萍《ひょう》の開くを見る。
捲荷《けんか》　忽《たちま》ち微風に触れられ
瀉《そそ》ぎ下す　清香の露一杯。

暁…太陽の昇る前のほの暗いころ。／萍…うきくさ。／捲荷…「捲」はまく。めくる。まきあげる。「荷」は蓮のこと。

夜明け前のまだ薄暗い頃、涼しさに誘われいつの間にか一人で蓮の花咲く堤までやってきました。すると魚が跳ねたわけでもないのに、水音と共に水面を覆う浮草が揺れ開くのを見ました。それは蓮の花の香りを含んだ夜露がひと晩の間に蓮の葉に溜《た》まり、それが微かな風で葉は揺れ、まくれあがり、まるで杯に注ぐように水面に落ちたからだったのです。

私もよく似た経験があります。私の暮らす山居は森の中にあり、真夏でも夜になると涼しく、エアコンも不要で窓を開けたままで寝ることができます。ある日、夜が白み始めた頃、どこからともなく良い香りが枕元まで漂ってきました。そう、庭にある池の蓮の花の香りです。私は蓮の花に手招きされているかのように、寝ぼけ眼のまま池の畔に座り夜が明けるまで過ごしました。まだ薄暗くあたり一面夜露でしっとりと濡れていて、花の香りはいっそう濃密に感じ、その香りに包まれます。なんと静かで清廉な世界なのでしょう。

この詩は決して特別な経験を詠ったわけではなく、夏の蓮池ではよくある情景なのでしょうが、詩人はその自然の出来事を繊細に感じ、そしてささやかな出来事でその情景を表現しています。そして、同じような経験をした者にとっては昨日のことのように鮮明に記憶を呼び起こしてくれます。

結句の「瀉ぎ下す　清香の露一杯」は、まるで蓮が私のために一碗の茶を注いでくれているようです。心に響く詩とは、それを鑑賞する人の経験により、大きく変わります。皆さんもぜひ一度、夜明け前に蓮池の畔に腰を下ろしてひとときを過ごしてみてください。蓮をこよなく愛した北宋時代の思想家である周敦頤《しゅうとんい》が書いた「愛蓮説」の部分です。蓮について、後の文人たちに大きな影響を与えました。私も影響を受けたその一人です。

予独愛蓮之出淤泥而不染、濯清漣而不妖、中通外直、不蔓不枝、香遠益清、亭亭浄植、可遠観而不可褻翫焉。予謂、菊華之隠逸者也、牡丹華之富貴者也、蓮華之君子者也。

私がただ一人愛すべき蓮は泥から出ても泥には染まることはなく、清らかなさざなみに洗われ、その上になまめかしさはなく、茎には節は無くすっと通っているので外から見ても真直ぐに伸び、蔓《つる》や枝が無いことで他の邪魔をすることもなく、その香は遠くにいくほどますます清らかで、水の中に立つ姿は高く聳《そび》え立ち、その上に浄《きよ》らかで、遠くから眺めることはできても手に取ってもてあそぶことはできないのです。私は、菊は花の中の隠者で、牡丹は花の中の富貴な者で、蓮はこのようなことから花の中の君子だと思うのです。

如何でしょうか。ただ蓮という植物を語っているだけではなく、「花中の君子」とあるように、人としてそうありたく、まただから愛することができるのだと説いています。姿を浄らかといい、香りを清らかと言い分けています。汚れた社会で生まれ育ちながらも、汚れは浄められ、やがて花を咲かすとその香りは浄らかではなく、清らかなんだと。

ぜひ、ご自身と蓮を比べながらもう一度読んでみてください。古典には学びがあります。

清香露一杯

column

茶会の楽しみ

茶会と聞くと、多くの皆さんはあの抹茶を頂く茶の湯をイメージされる方がほとんどではないでしょうか。着物を着て、作法を守り、正座をしてと、この茶会を楽しみにされている方は多いと思いますが、中にはそれが苦手という方もいらっしゃるのでは。

ここでお話しする茶会はそれとは違い、中国の文人たちがひとりで、または心許せる友が集い、詩や画などを創作、または鑑賞をしながら、語り合う中で頂く茶のお話です。これをお茶会といってもいいのかどうかわかりませんが、目的はあくまでも語らいであり、交わりであり、創作です。話題は芸術や文学、自然、時には思想や哲学など。自ずとそれは清談となり、そこで頂く茶は茶道の茶会とは別のものになっていきます。

そこでは決められた作法なんてあるわけがなく、その代わりに配慮や思いやり、気づかい、知性や教養も必要となります。文人茶と言われる由縁ですね。

私は度々ひとりで茶器を携え、自然の中でお茶を淹《い》れて過ごします。その心地は心通じる友と過ごす時ならばさほど変わることは無いので、やはり茶会と称してもいいのかもしれません、ひとり茶会ですね。

高士漫遊

第二章

立秋　処暑　白露　秋分　寒露　霜降

立秋　七月節　8月7日

午睡

休息のすすめ

文人たちの詩や画には午睡をテーマにしたものが多くあります。現代よりも寿命が短かった頃。「のんびり昼寝なんてしている場合じゃないよ」なんて思うことがすでに現代社会の常識とやらに塗《まみ》れている証しなのかもしれません。文人たちを羨ましく思い、憧れてはいるものの、生来怠け者である私を肯定するためにも、文人たちが残した詩から彼らののんびりとした昼寝の様子を窺《うかが》ってみましょう。

まずは「食後」と題された中唐の詩人白居易の詩です。

食罷一覺睡
起來兩甌茶
擧頭看日影
已復西南斜
樂人惜日促
憂人厭年賒
無憂無樂者
長短任生涯

食罷《お》わりて　一覚《いっかく》の睡。
起き来たりて　両甌《りょうおう》の茶。
頭《こうべ》を挙げて日影《にちえい》を看《み》れば、
已《すで》に復《ま》た西南に斜めなり。
楽しき人は　日の促《あわただ》しきを惜《お》しみ、
憂うる人は　年の賒《なが》きを厭《いと》う。
憂いも無く　楽しみも無き者は、
長きも短きも生涯に任《まか》す。

両甌…「両」はふたつ。「甌」は茶碗。２碗。

昼食を終えてひと寝入り。起きて目覚ましに飲む2杯の茶。顔を上げて日差しを見ると、すでに西南に傾いています。楽しみのある人は一日の速いのを惜しみ、憂いを持つ人は一年が長いのを嫌っています。憂いも楽しみもない私は人生の長くも短くも天命に任すことにしましょう。

ひとりの人生で生まれてくることと終えること。この2つだけはどうしようもないですね。つまり「天命」ということになります。それに対して「運命」とはいかなるものでしょう。ある易学者と議論したことがあるのですが、彼女曰く「運命には自分自身で何とかなるものとならないものがある、そしてその両方を運命とします」と。私は「運命」には意識するものと、無意識のものがあると考えます。ただ私のいう無意識とは、頭で鮮明な理解はない、また直接行動に移すことがないがどこかに働きがあるもので、すべて自分自身で運んでいるのだと。「運命」とは運ぶ命と書くように。

「願えば叶《かな》う」という言葉通り、直接行動を起こしていなくてもどこかに意思が働き、その意思に向かって日々変化しているように感じます。ただ、社会の中で暮らしていると、自分の意思とは違うどうしようもなく逆らえない事態が起こることも忘れてはいけません。

白楽天の心境「長きも短きも生涯に任す」は「楽しみはもう必要無いと思うことで憂いもなくなるんだよ」と教えてくれています。これもまた運命ですね。

続いて午睡の詩です。同じく中唐の詩人柳宗元の「夏昼偶作」と題された詩です。

南州溽暑醉如酒
隱几熟眠開北牖
日午獨覺無餘聲
山童隔竹敲茶臼

南州《なんしゅう》の溽暑《じょくしょ》　酔って酒の如し。
隠几《いんき》に熟眠し　北牖《ほくゆう》を開く。
日午《にちご》　独り覚めて、声　余り無し。
山童　竹を隔てて　茶臼を敲《たた》く。

南州…南方の国。／溽暑…蒸し暑いこと。／隠几…机にもたれる。／北牖…北の明かり取りの小窓。／日午…正午。まひる。

南の国の蒸し暑さは、まるで酒に酔ったようです。北側の窓を開き、机にもたれかかったまま深い眠りにつきました。昼になってひとり目を覚ますと、辺《あた》りは静まりかえっています。ただ窓に見える竹林の向こうから、この山で暮らす童子が茶臼を打つ音が聞こえてきます。

旅先の田舎ののどかな情景が浮かびます。ここにある「茶臼を敲く」とは製茶ではなく、客人にお茶を淹《い》れるための用意をしている、といった意味だと思います。

もうひとつ、北宋時代を代表する文人である蘇東坡《そとうば》の「南堂」と題された詩です。

掃地焚香閉閣眠
簟紋如水帳如煙
客來夢覺知何處
挂起西窗浪接天

地を掃《はら》い、香を焚《た》き、閣を閉ざして眠る。
簟紋《てんもん》は水の如く、帳は煙の如し。
客来りて夢覚《さ》め　知りぬ、何れの処ぞ。
西窓を挂起《けいき》すれば　浪《なみ》、天に接す。

簟紋…夏に敷いて座す具。ござ。／挂起…柱や壁に物をつり下げる。／帳…とばり。すだれ。

部屋を綺麗《きれい》に掃除して香を焚き、入り口を閉ざして眠りました。夏用のござは水のようにひんやりと肌に心地よく、薄い帳は煙のように霞んでいます。来客があり夢から覚めた時、寝ぼけているのか、私はどこにいるのか分りませんでした。西の窓の簾《すだれ》を掲げると、目の前に広がる波は遥か彼方の天まで続いているように見えました。

ご紹介したこの3首は全て夏の詩で、エアコンも無い時代、生気を養うには午睡は欠かすことのできないものだったのかもしれません。そして、何気ない日常までも詩に残した文人たち。こうして拝読するとゆったりとした時間の流れと静けさを感じ、心を穏やかなものにして頂いたような気分です。

午睡
美

処暑

七月中

8月23日

新泉一道

水音で耳根を洗う

処暑は暑さもそろそろ収まってくる頃という意味ですが、まだまだ残暑厳しい日々が続きます。しかし、森で暮らしていると日中の暑さは変わらないものの、随所に秋が近づいていることを知ります。蓮《はす》などの夏の花もそろそろ終わり、葛や萩《はぎ》など秋の花が咲き始めます。夕方には森からひんやりとした空気が降りてきて、日が暮れると同時に虫たちは盛んに鳴き始めます。

もうずいぶん前のことですが、月に一度訪れていた丹波への道中で数メートル前も見えないほどの急な大雨に遭いました。車を停めてしばし雨宿り。やがて雨は止《や》み、眼前に開いた雲の切れ間に懸崖から落ちる白い一筋の流れが見えました。50メートルほどの滝です。先ほどの大雨が作り出した新泉一道です。そしてその激しい水の落ちる音は、私を包むように他の音全てをかき消すように聞こえてきます。この心地よい音に、先を急いでいることも忘れてしばらく聞き入っていました。

呉鎮《ごちん》の詩です。

雨歇空山較倍清　　雨歇《や》んで　空山較《くら》べて清さを倍《ばい》す。
新泉一道出林声　　新泉一道　林を出《い》ずる声。
坐深不覚忘帰去　　坐ること深くして覚えず、帰り去るを忘る。

無数乱雲巌下生　無数の乱雲　巌下に生ず。

降った雨が止むと、空や山の姿は清らかさを増し、新たに流れる水の音が林の奥から聞こえてきます。その音に惹《ひ》かれていつの間にか座り、帰るのも忘れて聞き入っていました。遠くを見渡すと崖の下のあちらこちらに雲が沸き立っていました。

山に降った大雨によって現れた一筋の滝や流れの音で、耳根《じこん》を洗う――。大雨によって突然に現れた激しい流れは、木々を潤すのはもちろんのこと、岩や土を削りながら流れ落ちていきます。まるで溜《た》まっていた垢《あか》を落とすように浄《きよ》められ、雨後の深い森には神聖な空気が満ちることでしょう。その中に身を置いていた作者は自分の存在も忘れて森と一体に過ごし、このような詩が生まれたに違いないのです。

作者である呉鎮は元末を代表する文人画家のひとりです。詩の表現も絵画的で、たった28字の漢詩なのにこれを詠むと現前に壮大な自然の様子が浮かび上がります。

日本・中国問わず、山水画の賛に「洗耳根」という表現をよく目にします。耳根とはもともとは仏教用語。感覚をつかさどる5つの器官（五根）の耳根、眼根、鼻根、舌根、身根のひとつです。耳以外は具体的に水で洗い流せるのですが、耳だけは水の流れの音を聞いて洗い流せると考えます。

新泉一道洗耳根
美

表面の汚れではなく、社会で暮らしていると避けることのできないノイズの垢が耳根に溜まったものを洗い流すのです。全てが悪いとまでは言わないですが、人の悪口、うわさ話、儲かったとか儲からなかったなど、何ひとつ真実とは言えない話を聞いたことで心が騒々しくなることもしばしばです。そこで文人たちは自然の水の流れの音で洗うことをします。特に滝の下に座し、見上げる画はまさに耳根を洗っている姿なのです。

誤解しないでください。洗ったことで、よく聞こえるようになるのではないのです。自然の音はすべて真実です。その音で洗うことで、真実かそうでないかを聞き分けることができるようになるのです。

夏も終わりに近づく頃には激しい雨が突然降ってきます。その雨は大きな流れとなり、時には崖から一筋の柱のようになって落ちます。新泉一道耳根を洗う――。ぜひ皆さんも自然の音に耳を傾けて、耳根を洗ってみてください。

會心處竟日忘倦

ひもすがら我を忘れて

処暑

七月中

8月23日

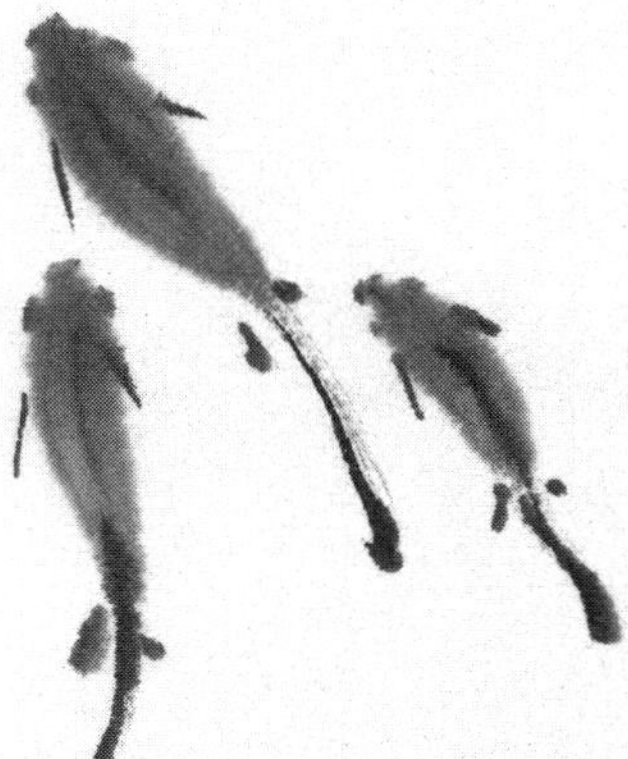

會心處
意自
忘倦
美

私自身、文人だなんて思ったことは一度もないです。ただ憧れ、真似事をしているだけなのですが、時折「文人趣味って何?」と尋ねられる時があります。そもそも他人と同じことを好まない文人ですので、「文人趣味とはこうであるべきだ」といった決まりはないです。しかし、いつの時代も変わりない文人たちの共通した価値観は存在します。それは物ではありませんが、根底にある思想や哲学は一貫しています。具体的にいうと、儒教の教養を前提として、時にはそれに反することもある老荘思想、そして禅だと思っています。それらを知識としての理解にとどまらず、表現することを楽しみとし、時には苦しみのはけ口とした文人たちの過ごし方が文人趣味と称されるようになったのだと思います。

明代以前は高級官僚で貴族階級であった文人たちの暮らしは公の目に触れることが少なかったのですが、明代になって出版技術の向上や裕福な商人たちが現れたことで社会構成の変化が起こり、彼らの暮らしが多くの人々の目に触れ、知る機会が増えました。その結果、明代末頃には文人のためのマニュアル本のようなものまで出版されています。

そのような本のひとつに『考槃余事《こうはんよじ》』という書物があります。江戸時代の中頃には日本でも翻刻出版されるほど広く読まれた本です。書かれている内容を項目だけ挙げても下記のように多岐にわたり、文人が多趣味であったことを窺《うかが》い知ることができます。書物、帖(拓本)、画、紙、墨、筆、硯《すずり》、琴、香、そしてお茶。まだ続きます。盆栽や生け花、文人のペットとして鶴と金魚も。他には屋敷の建物や身の回りの物、そして釣り竿《ざお》や酒樽《さかだる》まで。暮らしの全てに文人らしい価値観や美意識があり、それについて書かれています。

江戸時代後期以降、日本に広まった文人趣味はこのような本から学び、模倣し、やがて文人という概念からも遠ざかり、独自の文化に創り上げて現在に至っています。詩、書、画はもちろんのこと、煎茶道、華道、盆栽、水石などにも及びます。

今回はこの多芸多趣味の中からペットとして好まれ、飼育されていた金魚についてお話を。明の万暦24年（１５９６年）、張謙徳《ちょうけんとく》という文人が著した本に『硃砂魚譜《しゅしゃぎょふ》』があります。硃砂魚とは金魚のことです。つまり金魚の飼育について書かれたもっとも古い本です。著者は他に茶についての本『茶経』（陸羽の著した『茶経』とは同名異書）、また『瓶花譜《へいかふ》』という活け花の本も著しています。

『硃砂魚譜』の序文です。

餘性沖澹無他嗜好。獨喜汲清泉、養硃砂魚。時時觀其出沒之趣每至、會心處竟日忘倦。惠施得莊周、非魚不知魚之樂豈知言哉。乃餘久而聞見浸多餌飼盆諳、暇日敘其容質與夫愛養之理輒條數事作「硃砂魚譜」與同志者共之。

沖澹《ちゅうたん》…心が潔白で無欲なこと。また、そのさま。／硃砂魚…金魚。／竟日《きょうじつ》…終日。一日中。／会心…知る。悟る。心得る。／倦《けん》…あきる。倦《う》む。／恵施得荘周…荘子が友人の恵施に川に掛かる橋で泳いでいる魚を指して「魚が楽しく泳いでいるね」といったところ恵施は「貴方は魚でもないのに、どうして魚の楽しみがわかるのですか」と聞き返しました。すると荘子は「貴方は私でもないのに、どうして私が魚の楽しみがわからないと言えるのですか」と。恵施は返して「私は荘子でない。だから、もちろん荘子のことはわからない。でも荘子は魚でない。だから荘子には魚の楽しみがわからないはずだ。どうだ、私の言っていることに間違いはない」と。また荘子は言い返します。「もう一度話を最初に戻そうではないか。貴方が私に『貴方にどうして魚の楽しみがわかるのですか』と聞いたとき、すでに貴方は私に魚の楽しみがわかるという前提で私に尋ねたではないか。つまり私は川のほとりで魚の楽しみがわかったということなのだ」『荘子』外篇秋水第十七

私は清廉潔白で無欲なところがあり、他に趣味はありません。ひとり清泉を汲《く》むのを喜びとし、金魚を飼育しています。度々、浮いたり沈んだりする様子を眺めることを楽しみとし、一日中、飽きるのも忘れて楽しんでいるのです。『荘子』の恵施と荘周の話は分からなくもないです。そこで私が長い間飼育して見聞したなかに飼育に良いと思われることが多くあるので、金魚の姿や素質を愛《め》で養うのをここに数条並べ、同士と楽しむために『硃砂魚譜』を著すことにしました。

この本が出版された後も『蟲天志』『杭州府志』『三才図会《さんさいずえ》』『鶴魚譜』、そして『考槃余事』など、金魚について書かれた本が中国では多く出版されました。このことからも、当時の文人たちの間で金魚の飼育が流行していたことがわかります。

やがて江戸時代も中頃になると日本でも金魚の飼育本『金魚養玩草《きんぎょそだてぐさ》』が著され、その後も『金魚問答《きんぎょもんと》』『金魚秘訣録』などが出版されています。奈良の大和郡山市は金魚の産地として

知られていますが、江戸後期には下級武士の内職として飼育されるようになりました。明治になると付近の農家に養殖技術が伝えられ、副業となり、盛んに飼育されました。江戸時代に金魚の飼育が興隆したきっかけは、文人趣味の影響だと思われています。

私が金魚の画を描く時にすこし注意をすることがあります。それは中国では金魚は上から観賞しますが、日本では江戸時代からガラスの器で飼育して横から観賞するようになります。そのため、その後の品種改良についても中国の品種は上から見て楽しめる姿が多いようです。

たかが金魚、されど金魚。文人趣味は奥が深いです。

緑天

芭蕉の葉で知る秋の訪れ

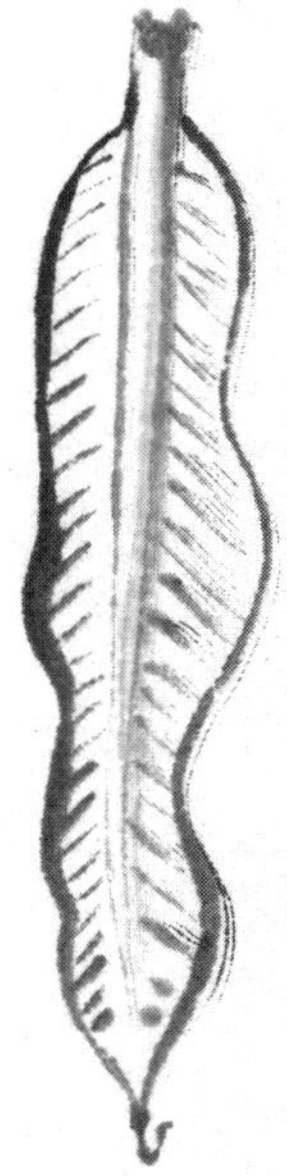

白露

八月節

9月7日

「緑天」とはうまく言ったものです。芭蕉の雅名のひとつです。文人たちの屋敷には芭蕉がよく植えられ、絵画でも頻繁に描かれています。私もそれに倣い、庭に植えています。

夏の強い日差しの日中、芭蕉の下に潜り込んでみてください。

天は大きな緑色の葉で幾重にも覆われ、まさしく「緑天」の世界です。重なるほど緑は濃くなり、涼感も増します。真夏の昼下がり。この芭蕉の下で葉を数枚重ねて寝転び、過ごす昼寝の時間は、閑居暮らしの文人にとってはこの上なく心地の良いひとときだったに違いありません。田能村竹田《たのむらちくでん》の『亦復一楽帖《またまたいちらくじょう》』にも、大きく葉を広げた芭蕉の下で昼寝をしている閑人の姿が描かれ、「亦復一楽」と題しています。

「芭蕉」と「文人」が結びつくのには、いくつかの理由があります。その一つに、唐代を代表する書家のひとり懐素《かいそ》がいます。僧であった彼は芭蕉をこよなく愛し、自分の庵に数万株もの芭蕉を植えました。毎日池の水で墨を磨り、芭蕉の葉で書の練習を繰り返し、やがて書家として大成したといわれています。特に草書にすぐれ、その作風は狂草体と呼ばれて、草書のなかでも奔放な書体を得意としました。彼は庵の名を「緑天庵」と称しました。ちなみに彼のような芭蕉好きのことを「蕉迷（芭蕉狂い）」というそうです。

同じく唐代の名高い詩人であった韋応物《いおうぶつ》は豪放かつ高潔な人でした。晩年、赴任中の官舎

綠天

で故郷で暮らす弟たちを偲《しの》び、庭の芭蕉の葉に詩を書きつけました。このことから、後に芭蕉には「兄弟愛」という寓意が生まれました。彼の詩「閑居寄諸弟」を紹介します。

秋草生庭白露時　　秋草　庭に生ず　白露の時、
故園諸弟益相思　　故園　諸弟　相思《あいおも》うを益す。
盡日高斎無一事　　尽日《じんじつ》　高斎《こうさい》　一事無し。
芭蕉葉上獨題詩　　芭蕉の葉上　独り詩を題す。

故園…生まれ故郷。ふるさと。／尽日…一日中。終日。／高斎…立派な書斎。また、郡の官邸。官舎。

夏も終わり庭には秋草が生え揃《そろ》う白露の頃。故郷で暮らしている弟たちを思う気持ちはお互い変わりないでしょう。これといってなにもない毎日を官舎で過ごしているので、弟たちを偲び芭蕉の葉に詩を書いてみました。

私も芭蕉の葉に墨で書を書いたことがあります。画仙紙のようには沁み込まないと思っていたのですが、驚くほど綺麗《きれい》に書けました。懐素や韋応物の話も納得です。「破芭蕉」という語があります。天を緑で覆っていた芭蕉。パラパラと音を立てて、雨を知らせてくれていた芭蕉。しかし、やがて台風など強い風が吹くことで葉脈に沿ってばらばらに破れ、手帚《ぼうき》のように。とても哀れで悲しげですが、その姿に秋深まる気配を感じ、夏とはお別れです。

臥空山天地即衾枕

秋の夜長に友と野外で

白露

八月節

9月7日

皆さんご存じの盛唐時代の詩人李白の「友人會宿」と題された五言律詩です。

滌蕩千古愁　滌蕩《てきとう》す、千古の愁《うれ》い。
留連百壺飲　留連《りゅうれん》、百壺の飲。
良宵宜清談　良宵《りょうしょう》、清談に宜《よろ》しく、
皓月未能寝　皓月《こうげつ》未だ寝《いぬ》るに能《あた》わず。
酔來臥空山　酔い来りて空山《くうざん》に臥《ふ》せば
天地卽衾枕　天地　即ち衾枕《きんちん》。

滌蕩…洗いすすぐ。／留連…同じ所にいつまでもとどまること。立ち去りかねてとどまる。／良宵…晴れて気持ちのよい夜。／皓月…明るく輝く月明かりが遠くまで照り渡っていること。／空山…人気のない寂しい山。／衾枕…夜具と枕。

古《いにしえ》より絶えることのない愁いを洗いすすごうと、立ち去りかねて留《とど》まり酒を飲み続けています。雲もなく澄み渡る心地よい夜だから、俗っぽい話はやめましょう。明るく照らす月があまりにも美しく、寝るにはもったいない夜です。どれくらい飲んだでしょうか、やがて酔いも回って人気のない奥深い山に寝転び、今夜は空を布団に地は枕に眠ることにしましょう。

9月に入っても日中はまだまだ真夏のような暑さが続いています。しかし日が傾き始める頃には森から冷たい空気が降り、暮れる頃には肌寒い夜も。そして虫たちが盛んに鳴き始め、秋の訪れを教えてくれます。李白のように酒を引っ提げて秋の夜長に野に出て、杯を交わし友と語り合うにはとても良い季節と言えるでしょう。

私もこの季節、流星群が望める夜に、庭に寝転がって何時間も空を見ていたことがあります。満天の星を見ていると気分は大きくなっていき、それと同時に自分の小ささに気づかされることも。酒好きの李白なら尚更のこと、秋に醸し出された新酒を飲み続け、やがて大地に臥すことに。そして空を布団に、地を枕にと表現しています。酔ったことで解放感が一層強くなり、詩人の感性と思慮深さで広大なスケールとなって詠っています。

『荘子』雑篇の列禦寇三十二には、荘子自らの終焉について話したことが書かれています。

荘子将死、弟子欲厚葬之。荘子曰「吾以天地爲棺槨、以日月爲連璧、星辰爲珠璣、萬物爲齎送。吾葬具豈不備邪、何以加此」。弟子曰「吾恐烏鳶之食夫子也」。荘子曰「在上爲烏鳶食、在下爲螻蟻食、奪彼與此、何其偏也」。

棺槨《かんかく》…遺体を納める箱のこと。／連璧《れんぺき》…並んだ一対の宝玉。ここでは副葬品。／珠璣《しゅき》…丸い小玉と丸くない小玉。

荘子がまさに死を迎えようとした時、弟子たちは手厚く葬ろうとしていました。しかし、荘子はこうおっしゃいました。「私は天地を棺とし、太陽と月を一対の副葬品とし、天空の様々な星を玉の飾りの贈り物とすればもう十分に備わっているではないか。これ以上なにが必要なのかね」。弟子は答えて「亡くなってあなたの死体がカラスやトビに食べられてしまわないかと私たちは心配しているのです」。荘子はおっしゃいました。「空に晒《さら》せばカラスやトビについばまれ、地中に埋めてもオケラやアリに私の身体は食われるだけ。この期に及んで食われる相手を選ぶ必要なんかないよ」と。

しかしよく考えてみると、人に限らず生きているものはすべて最後には天地が棺となるのですから、けっして大げさな話ではないのですが、あとに残された者の想いが手厚く葬りたいということなのですね。

私は人って二度死ぬと考えています。一度目は肉体が生命活動を終えた時。二度目は直接会って記憶に残っている方すべて亡くなったとき。そう決めています。言い換えると、仮に肉体が滅びても記憶にある限りその人の中では生きているのです。つまり肉体がまだ生きている間は修正、訂正ができますが、その後はもうどうしようもないのです。だから今日を正しく生きなければと思うのですが……、なかなかそうはいきません。

秋の夜長は李白の詩集や『荘子』を開き、妄想に耽《ふけ》るに相応《ふさわ》しいです。そして傍らにはお茶が。やがて窓から皓月が顔を覗《のぞ》かせるから、天から友がやってきたと心弾ませ月と語り尽くす――。混然と天地が一体となり、ここにささやかながら壮大な茶会が始まります。

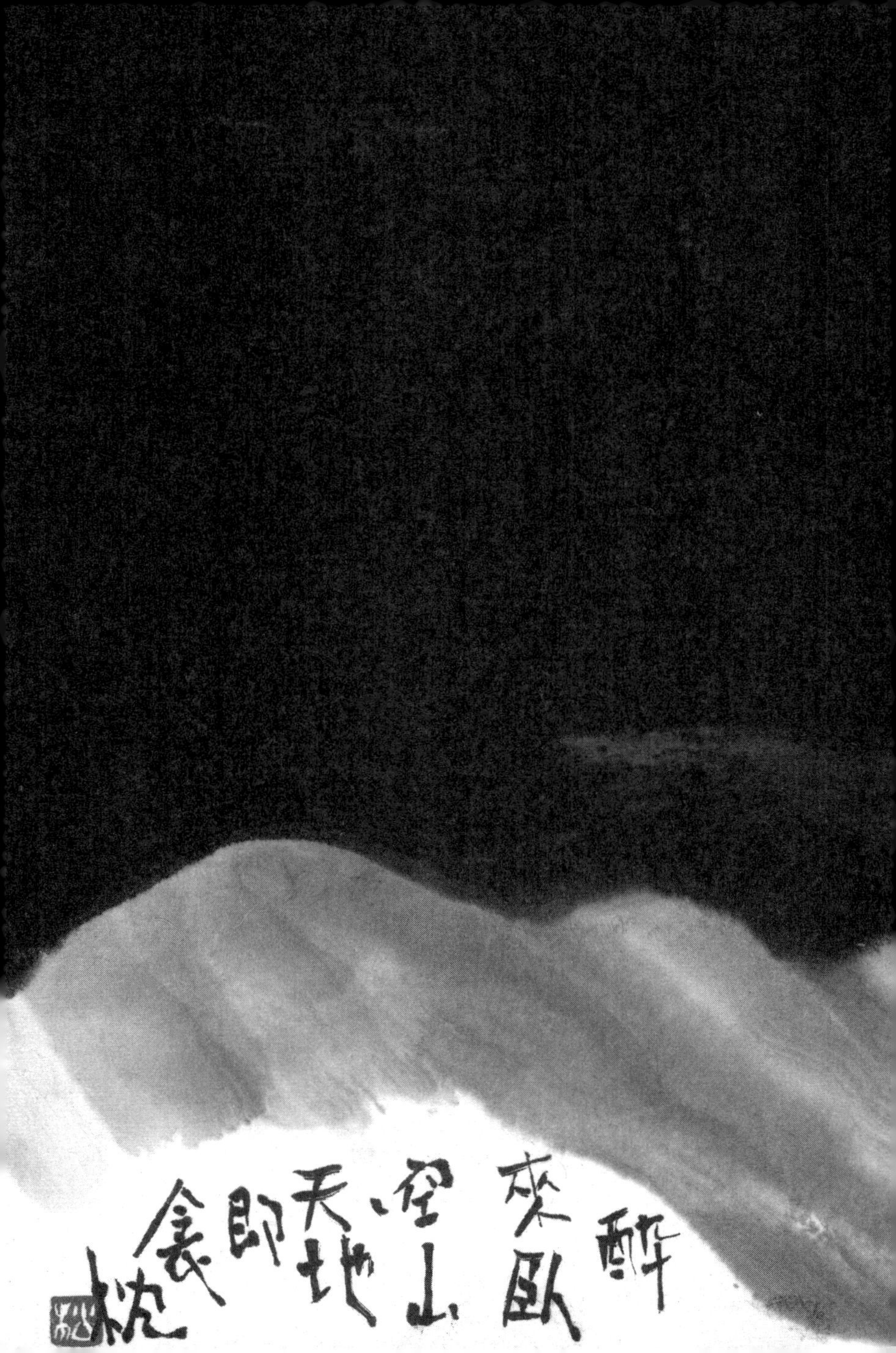
醉來臥空山
天地即衾枕

秋分

八月中

9月23日

心遠地自偏

無為自然の境地で暮らす

陶淵明の「飲酒」と題された詩の其《その》五です。

結廬在人境　庵を結んで人境《じんきょう》に在《あ》り。
而無車馬喧　而《しか》も車馬の喧《かまびす》しき無し。
問君何能爾　君に問う　何ぞ能《よ》く爾《し》かると。
心遠地自偏　心遠くして地自《おの》ずから偏《へん》なりと。
采菊東籬下　菊を采《と》る　東籬《とうり》の下《もと》、
悠然見南山　悠然として南山を見る。
山氣日夕佳　山気《さんき》　日夕《にっせき》に佳《か》なり。
飛鳥相與還　飛ぶ鳥　相与《あいとも》に還《かえ》る。
此中有眞意　此の中に真意有り、
欲辨已忘言　弁ぜんと欲すれば已に言《げん》を忘る。

悠然…物事に動ぜず、ゆったりと落ち着いているさま。／日夕…昼も夜も。／真意…本当の気持ち、意向。本当の意味。

私の粗末な庵は人里にありますが、それでも人が訪ねて来る騒々しい車馬の音が気になることはありません。「貴方はどうして気にならないのですか」と尋ねられますが、私の心はこの騒々しさからは遠く離れたところにあるので、ここで暮らしていても辺鄙《へんぴ》な場所で暮らしているのと同じことになるのです。家の東にある籬《まがき》の下で菊の花を摘んで過ごし、ふと何気なく南の山を眺めたりしているのです。山の気配は昼夜関係なく素晴らしく、日が暮れる頃には鳥たちが仲間を引き連れて栖《すみか》に帰っていきます。この情景の中に、真意があるのです。口に出して話そうと思ったけれど、もう伝えることすら忘れてこの景色を眺めているのです。

素晴らしい詩です。人の心と身体はひとつのはずですが、この詩では心は遠く離れたところにあると。その人の身体は人里の小さな庵の中なのですが、騒々しい音に気を留めることはなくなり、ゆったりとした時間の中で遠く離れたところにある心に近づいていきます。日々変化する山や空を自由に飛び回る鳥を眺めているうちに、とうとう心と身体はひとつに。

ここに儒家的な教えはなく、老子の説く「無為自然」です。無と為《な》すは自ずから然《しか》りです。故に言葉はもう必要なく、すでに話すことすら忘れてしまっていると。私がいつも説く積極的逃避のすすめとはこのことです。社会から逃げるとは、決して自分から逃げるのではありませんせん。むしろ今いるところが正しい自分の居場所と思い込んでいるだけかもしれません。陶淵明は儚《はかな》い生命である菊を摘み、何万年も不動の山と自由に空を飛ぶ鳥を眺め、自分の存在について考えます。ちっぽけな存在といった浅はかさはないです。だからといって宇宙そのものを言い表すような驕《おご》りもないです。心と身体が一つであれば、あるがままでいいと。本当の自分に還ることを教えてくれます。

過去の多くの文人たちが陶淵明の詩を愛して止《や》まない理由はここにあります。

心遠地自偏

寒露

九月節

10月8日

雨冷香魂弔書客

雨は冷ややかにして

中唐の詩人李賀《りが》の「秋来《しゅうらい》」と題された詩です。27歳の若さで病で夭折した彼の作風は、幻想的で伝統に縛られず、鬼才と言われました。この詩も他同様に難解ですが、暮れゆく秋と予感する人生の終焉を重ねた心情を、秋の夜長にこそじっくりと味わいたいものです。

桐風驚心壮士苦
衰燈絡緯啼寒素
誰看青簡一編書
不遣花蟲粉空蠹
思牽今夜腸應直
雨冷香魂弔書客
秋墳鬼唱鮑家詩
恨血千年土中碧

桐風　心を驚かし　壮士《そうし》苦しみ、
衰燈《あいとう》　絡緯《らくい》　寒素《かんそ》に啼く。
誰か看ん　青簡《せいかん》　一編の書を、
花虫《かちゅう》　粉として空しく蠹《むしば》ま遣《し》めず。
思いは牽《ひ》かれて　今夜　腸《はらわた》応《まさ》に直なるべく、
雨は冷ややかにして　香魂《こうこん》　書客を弔《とむら》う。
秋墳《しゅうふん》　鬼《き》は唱う　鮑家《ほうか》の詩、
恨血《こんけつ》　千年　土中《どちゅう》の碧《へき》。

壮士…血気さかんな壮年の男子。／衰燈…油が少なく弱々しい明かり。／絡緯…クツワムシ。／寒素…貧しく質素なこと。清貧。／青簡…青い竹のふだ。転じて書籍。／花虫…紙魚《しみ》のこと。書籍や衣料などを食害する体長1センチほどの銀色の虫。／蠹《と》…虫が食う。蝕《むしば》む。／香魂…花の精。美人(立派な人)の魂。ここでは前代の詩人の魂を意味する。／書客…文人。書生。読書人。ここでは作者自身を指す。／秋墳…秋の墓。／鬼…亡霊。幽霊。／鮑…南朝宋の詩人鮑照《ほうしょう》のこと。華麗な文才で楽府に秀でていた。／土中碧…死者の恨みのこもった血は凝り固まって、土中で碧玉になるという意味。『荘子』外物篇「萇弘《ちょうこう》、蜀に死し、その血を蔵

雨冷香魂弔書客

するに三年にして化して碧となる」などにあり。

梧桐《ごとう》の大きな葉は秋が深まるにつれ枯れ始め、そこに吹く風音に季節の移ろいを感じ驚き、血気盛んな壮年の男子である私でも苦しく思うのです。夜になると弱々しい灯火の下、貧しく質素な暮らしの中クツワムシの鳴き声が聞こえ、一層侘《わび》しく感じさせられるのです。私の詩集は出来上がったばかりなのですが、誰かの目に触れることがあるでしょうか。紙魚で粉々に蝕まれないようにしておかなくては。この寂しい思いに心はますます辛《つら》く、今夜は腸が引き裂かれるほど苦しく感じるのです。外降る雨は冷たく、訪れる人もいないけれど昔の詩人の魂だけが私を弔いにやってきてくれました。秋の墓場からでてきた詩人の亡霊は鮑照の葬送詩を詠ってくれて、世間に認められず恨みを抱いて死んだ者（私自身）の血も、千年経《た》てば土の中で碧玉となるでしょう。

溢《あふ》れる才能を持ちながら役人としては出世できず、清貧の暮らしの中に志半ばで亡くなった李賀。自負心を抱え、受け入れない世間を恨みながら世を去りました。情感を吐露した詩ですが、心の奥底まで表現したのは真剣に自分と向かい合っている証し。

人生の善し悪しは寿命の長短だけでは測ることはできません。かといって質の上下という考えも好みません。この詩の問いかけは正直に生きたかどうかということでしょう。唯一救いとなるのは「悔いのない人生だった」と言えることだと教えられたように感じます。自分の人生に置き換えてみて反省することもあり、納得できることもあり。日が暮れるのが日々早まり、それだけ夜が長くなる秋。自分を見つめるために与えられた時間かも知れません。

寒露
九月節
10月8日

洞庭秋月

洞庭湖の秋の月

中国や日本の山水画の伝統的な画題として、瀟湘八景《しょうしょうはっけい》といわれる8つの景色の画が多く残されています。瀟湘は現在の湖南省一帯で、洞庭湖《どうていこ》に向かう瀟水《しょうすい》と湘江《しょうこう》という河川の合流する地域を指します。昔から風光明媚な水郷の景勝地でした。北宋時代の高級官僚であった宋迪《そうてき》はこの地に赴任したときにこの景色を山水図として画《か》き、それが大変評判を呼びました。後に瀟湘八景と名付けられ、文人たちの間でこの画題が広まり、多くの画家たちの手によってそれぞれ独自の瀟湘八景図が描かれました。

その中でも南宋時代の画僧である牧谿《もっけい》が描いたとされる「瀟湘八景図」は、もともと一枚の長い巻物でした。のちに切り分けられて掛軸に仕立てられ、茶の湯の掛物として評価高く扱われてきました。国宝にも指定されているので、ご存知の方も多くおられるのではないでしょうか。また瀟湘一帯は景色が素晴らしいだけではなく歴史上神話や伝説が多数残され、多くの詩にも登場します。後に日本でも画家たちが行くことは叶《かな》わない中で、想像を膨らませて描きました。

私も暮らしの中で、また旅先でも「まるで瀟湘八景だなぁ」と感じる時があります。例えば煙寺晩鐘《えんじばんしょう》という画題。私の暮らす茅居《ぼうきょ》は旧奈良市内を見下ろす高台にあり、時折夕霧に霞んだお寺の甍《いらか》を望むことがあります。そして遠くの寺より届く鐘の音を聞きながら夜を迎えることも。特に靄《もや》のかかった日にはその音は微《かす》かではありますがとても柔らかく、文房にいても聞くだけで風向きや天気を窺《うかが》い知ることもあります。

さて、その瀟湘八景とは以下の通りです。

瀟湘夜雨《やう》　瀟湘に降るしっとりとした夜の雨。
平沙落雁《へいさらくがん》　雁が干潟に舞い降りる秋の景色。
煙寺晩鐘　夕霧に煙る遠くの寺より届く鐘の音。
山市晴嵐《さんしせいらん》　山里が霞に煙っている風景。
江天暮雪《こうてんぼせつ》　夕暮れの河に舞い落ちる雪。
漁村夕照《ぎょそんせきしょう》　夕日の中の漁船と鄙《ひな》びた村。あの桃源郷のモデルになった地域です。
洞庭秋月《しゅうげつ》　岳陽楼《がくようろう》。湖の上に冴《さ》える秋の月。孟浩然や李白、杜甫らが詩文で残しています。
遠浦帰帆《えんぽきはん》　日暮れに帆掛け舟が戻る遠景。

江戸時代以降日本でもこの瀟湘八景に倣い、各地の名勝に八景が生まれます。私の身近では近江八景、南都八景などがありますが、日本各地４００か所以上八景と名付けられたところがあるそうです。

遠く離れた中国の瀟湘。描く画家にしてみればそれはもはや実景の必要はなく、むしろ現

実とはかけ離れた理想の景色を描くことで、その画に向かうひとときの心の旅を楽しんだことでしょう。それは掛軸であったり、襖絵《ふすまえ》であったり、時には工芸品の図案でも目にしたことがあります。

皆さんも身近なところで、私的八景をぜひ創作してみてください。楽しいかもしれません。私も美風茅居八景を考えてみました。どれ一つとっても画に残すほどではないですが。

楼上夕望　二階の窓から望む夕焼。
東司一華　トイレの窓の花一輪。ちなみに「東司」とは禅寺でいうトイレのことです。
暮炙鮎香　夕ご飯時の焼き魚の匂い。
積雪垂椿　雪に項垂れる庭の椿。
厨窗竹影　台所の窓に映る竹影。
暁聴歌鶯　布団の中で聴く鶯《うぐいす》の声。
手鉢紅葉　手水鉢《ちょうずばち》に落ちた紅葉。
茅居松風　茶室で聴く湯が沸く音。

何気ない日常の暮らしの中にでも、細やかではありますが、きっと心動かされる瞬間はあるはずです。

松菊猶存

松や菊のあるわが庭に帰る

霜降

九月中

10月23日

暦の上ではもう霜が降りる頃となりました。私の暮らしている山中でも夜に庭に出ると露でしっとりと濡れ、肌寒く感じるようになってきました。

さて、秋分の時に一度紹介しましたが、やはり多くの文人の生き様に多大な影響を与え、励まし、また時には「これでいいんだ」と慰めてもくれる陶淵明の詩を紹介致します。私も陶淵明の詩で慰められたことは数知れず。今更とは言わないでください。すぐれた詩にはその年齢、その時々にまた新しい発見があります。

「人生何をもって幸せとするか」と問われた時、人それぞれで正解なんてないのですが、初志貫徹で目標に到達し幸せを謳歌《おうか》できた人はそう多くはないはず。計画通りにはいかないことが人生。迷い、苦しみ、悲しみ、時には憎しみも何度か経験し、その中でささやかな喜びや楽しみを享受することで、生きている時間を感じ納得しているのではないでしょうか。

ご存知の方も多いと思いますが、「歸去來兮辭《ききょらいのじ》」と題された作品です。序文も含め全文を挙げたいところですが、少し長いので途中省略しながらのご紹介になります。

まずは序文から。ここには作詩の経緯が書かれています。作者は寒門といわれる下級氏族に生まれ、農業で家族を養う苦しい暮らしが続いていました。幸いにも役所勤めの話があり、生活のため家族を残し苦手な役人仕事に就くことになります。しかし平生の志を曲げてまで仕事をすることは辛《つら》いばかりで性に合わず、帰りたいと思っていたら妹が亡くなります。その喪に服する名分で、一刻も早くと帰郷することにしました。序文はここまでです。

いつの時代も生活のため、家族を養うためには耐えるしかないと思うのですが、陶淵明はそれすら辛く、日々辞めたいと思っていました。時代を問わず、社会人としてはもう落第者ということになるでしょうね。

ここから本文になります。内容から4段に分けることができます。最初の段の冒頭の句です。「歸去來兮」は「帰りなんいざ」と読む習わしになっています。「さぁ、家に帰ろう！」と訳します。船に乗って家に帰る陶淵明の気分は意気揚々です。下級役人とはいえ、仕事を辞め家族の待つ家に帰る主人とは思えないこの解放感。

歸去來兮帰りなんいざ
田園将蕪胡不歸田園　将《まさ》に蕪《あ》れなんとす、胡《なん》ぞ帰らざる。
既自以心爲形役既に自ら心を以て形の役と為す、
奚惆悵而獨悲奚《なん》ぞ惆悵《ちゅうちょう》して独り悲しむ。
悟已往之不諫已往《いおう》の諫《いさ》めざるを悟り、
知來者之可追来者《らいしゃ》の追う可《べ》きを知る。

實迷途其未遠　実に途に迷うこと　其《そ》れ未だ遠からず。
覺今是而昨非　覚る、今は是にして　昨は非なるを。

惆悵…嘆き悲しむ。恨み嘆く。／已往…かつて。これまで。

さあ家に帰ろう。田園にある私の家は手入れもできないまま荒れようとしています。どうして帰らないでおれるでしょうか。今こそ帰るべきなのです。これまで心を犠牲にしてまで勤めてきたことの間違いに気づき、もうくよくよと独り嘆き悲しむ必要はないのです。すでに過ぎ去ったことを諫める方法はもうないのを悟り、これから先のことは自分の力で何とかやっていけるでしょう。これまでの人生は道に迷ってしまったけれど、まだそれほど遠くまで行っていないのでやり直すことができるのです。今の私の判断が正しくて、昨日までの生き方は間違っていたことに気づいたのです。

これを読まれてどう感じたでしょう。およそ1600年前の詩です。中国ではすでに貴族階級があり、官僚制度も整っていました。その中でこのように謳《うた》う陶淵明にすれば、役人勤めの代わりの仕事はどうするのか、経済的に裕福かそうでないかとかではなく、何をもって幸せとするのかを説いています。

やがて家に近づいてきます。

乃瞻衡宇　乃ち　衡宇《こうう》を瞻《あおぎ》み、

松菊猶存

載欣載奔　載《すなわ》ち欣《よろこ》び、載ち奔《はし》る。
僮僕歓迎　僮僕　歓び迎え、
稚子候門　稚子　門に候《ま》つ。
三逕就荒　三径《さんけい》は荒に就くも、
松菊猶存　松菊は猶《なお》存す。

衡宇…粗末な家。／瞻《せん》…あおぎみる。／僮僕…若い召使。／三径…庭の小道。

やっと粗末な我が家が見え、嬉《うれ》しくて小走りに向かうと、若い召使いたちは喜び出迎え、幼子たちも門で待っていてくれました。庭の小道はすっかり荒れてしまっていましたが、松や菊は枯れることなくまだ元気にしていました。

この後、久しぶりに帰った田園にある我が家の暮らしを綴ります。門を閉ざすので来客もなく、酒を飲んだり、庭を巡り雲や飛ぶ鳥を眺め薄暗くなるまで松を撫《な》でたりして去り難い気持ちになっています。また琴をつま弾き、書物を読み、自然の中を歩いて豊かさを感じる半面、必ずいつか人生が終わることを自覚します。役人仕事とは正反対の暮らしの中で貧しいながらも時の移ろいや変化を感じ、楽しみ過ごすことに限りある生の喜びを味わっているようです。そしてこう自問します。この身体をもってこの世で暮らすには限りがあるのです。だから、どうして心をその成り行きに任そうとしないのですか、と。

聊乘化以歸盡
樂夫天命復奚疑

聊《ねが》わくは化に乗じて、以《もっ》て尽くるに帰し、
夫の天命を楽しめば、復《ま》た奚《なに》をか疑わん。

最後に「願わくは自然の変化にこの身も委ねて終える天命に任せ、それまでの間楽しめばいいのではないでしょうか。私はそんな人生でなんのためらいもありません」と言い切っています。

私は40歳まで大阪で事業をしていましたが、事情があって全て辞め、縁も切り、奈良の高円山の山中で暮らすことにしました。陶淵明と同じとまでは言いませんが、やはり生活に余裕はなく決して楽とは言えない暮らしです。しかし、森の中を巡り、暖を取るために薪《まき》を割り、色々な植物を植え、花が咲くと喜び、枯れると悲しみ、雪が降ると部屋に籠り、雷が鳴ると肩をすくめ……、文房では本を読み、画を描き、花を活け、お茶を楽しむ……。当たり前なことばかりですが、ストレスのない、とても楽しい暮らしとなりました。

陶淵明に倣えとは言いませんが、文人たちのような社会性の強い中で苦しみもがいている時、きっと陶淵明の言葉ひとつひとつが染みこんだに違いないのです。文人の始まりです。

column

役に立たない話

以前、とある禅寺で「役に立たないお話」と題して、法話をさせて頂いたことがあります。

内容はといいますと過去の文人たちから学んだ人生観を自分の体験として裏付け、確かめてきた経験からのお話です。

よくよく考えてみますと……、今すぐ役に立つ話となると、ネットの普及により手元のスマホを開いて調べれば、誰かに相談する必要なく、おおよそ解決できるようになったのではないでしょうか。しかし、3年先、5年先、10年先に役に立つと思うことがあったとしても、そう思っているのは今の自分。人は日々変化成長しているので、将来偶然にも役に立つことはあるかもしれませんが、役に立つか、立たないか、なんてそもそもわかるはずもないのです。では、だったら何もしないでいいのか、となるとそれは違います。

将来役に立つなんて考えを棄《す》て、今興味があることを深く探求すること。そして、頭で理解するだけでなく、身に付くまでしっかりと学ぶこと。そうすると仮に30年先であっても、その経験や知識は決して失うことなく役に立つようになるのです。

若い頃、友人に「君は役に立たないことばかり勉強して何になるんだ？」と聞かれたことがあります。でも、今こうして私の話に耳を傾けてくれる皆さんがいてくれます。

閑居清談

第四章

立冬　小雪　大雪　冬至　小寒　大寒

立冬

十月節

11月7日

売茶翁

一碗で仙境へ

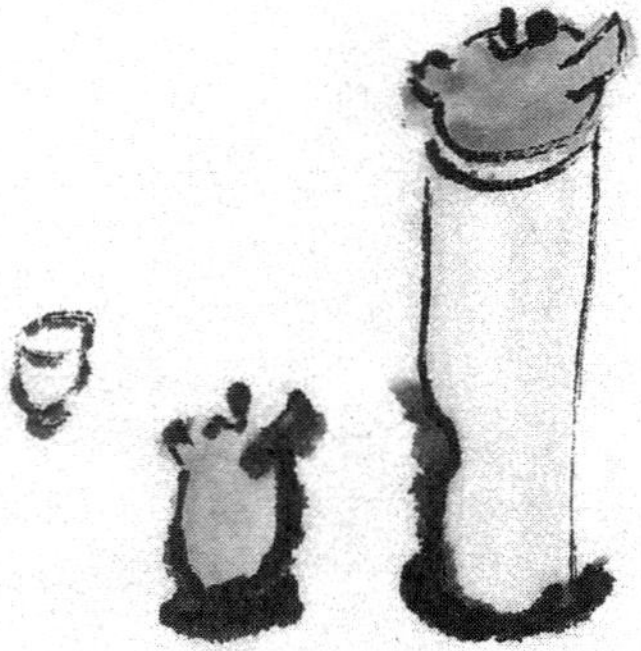

京都市の東南、東山の南端に位置する臨済宗東福寺派の本山である東福寺。その境内を流れる川には西から東へ臥雲橋《がうんきょう》、通天橋《つうてんきょう》、偃月橋《えんげつきょう》と呼ばれている東福寺三名橋が架かっています。その中でも特に通天橋は、本堂から通じる廊下がそのまま屋根付きの橋となり、洗玉澗《せんぎょくかん》という小さな渓谷を渡ります。

この洗玉澗は古くから紅葉の名所として知られ『都林泉名勝図会』（秋里籬島著、寛政11年刊）には当時の様子が詳しく描かれ、その画から見上げれば通天橋が架かり、川床には床几《しょうぎ》が並べられ、老若男女問わず紅葉狩りを楽しんでいる姿を見ることができます。

江戸時代後期、紅葉の季節になるとこの洗玉澗で茶を売る爺さんが現れました。売茶翁《ばいさおう》です。もとは鍋島藩（現在の佐賀県）にある黄檗《おうばく》宗の禅僧でしたが、当時の寺院での修行では満足できず、還俗（僧籍を返上）して京に上り61歳で東山に茶店である通仙亭を設けます。季節の良い頃には風光明媚な地に出向き托鉢として茶を振る舞い、禅の修行を続けました。元禅僧ゆえに漢文の教養も深く、当時都にいた儒学者や画家、文学者などの文人といわれる人々が彼の人柄を慕い、多くが集うサロンとなりました。

売茶翁は錦秋の頃になると住まいが近かったせいもあり度々東福寺を訪れ、詩を残しています。「通天橋畔煮茶（通天橋の畔《ほとり》に茶を煮る）」と題された詩です。

楓樹林中水石邊
茶烟籠錦擁通天
松風自共泉石響
何識人間有此仙

楓樹《ふうじゅ》の林中　水石の辺《あた》り、
茶煙《ちゃえん》　錦を籠《こ》めて　通天を擁《よう》す。
松風　自ずから泉石と共に響く。
何ぞ　人間《じんかん》は識《し》らず、此《ここ》に仙有るを。

茶煙…茶の香り。／擁…いだく。だく。かかえる。／人間…俗世間。俗界。

楓の林の中を流れる洗玉礀の水石あたりで茶を煮ると、その香りは紅葉の中に籠り通天橋までも擁いているようです。湯が沸く音はおのずから川の流れの音と共に響き合っています。どうして世間の人は知ることができないのでしょうか。ここに仙境が有るということを。

結句に注目してみましょう。「何ぞ人間は識らず、此に仙有るを」と嘆いています。晴れ渡った青空に映える深紅の紅葉。酔っぱらいや駆け回る子供たちの声が、谷間に響き、皆が大らかなひとときを楽しんでいる雑踏の中、売茶翁は茶の真味が分からない世間を嘆き、また一碗の茶で仙境に至ることを求めています。これは唐代の思想家である蘆仝《ろどう》の「走筆謝孟諫議寄新茶（孟諫議《もうかんぎ》が新茶を寄せるに筆を走らせて謝す）」という長い歌の中の「六碗通仙靈（茶を六碗飲むともう身体は仙霊に通ず）」を踏まえています。

もう一首、「東福寺開茶店（東福寺に茶店を開く）」と題された詩です。

老身鬻茗轉顚頇
堪笑家貧舉爨難
恵日峰頭楓樹下
乞銭過客養衰残

老身　茗《めい》を鬻《ひさ》ぎ　顚頇《ばんかん》に転じる。
笑うに堪えたり　家貧にして　舉爨難《きょさんがた》し。
恵日峰頭《けいじつほうとう》　楓樹の下《もと》、
銭を過客《かかく》に乞い、衰残《すいざん》を養う。

鬻ぐ…ひさぐ。売る。／顚頇…ぼうとしているさま。／挙爨…かまどをもちあげる。／恵日峰頭…恵日は東福寺の山号で、その頂。東福寺の詩的な表現。／過客…往来。旅人。／衰残…衰えてだめになる。落ちぶれる。

老いた身ゆえ、ぼうとした心地のままで茶具を担ってお茶を売り歩いています。どうか笑ってやってください。家は貧しくそのうえ力も劣り、茶具を担って歩くことも困難になっています。このような私ですが、東福寺の綺《き》麗《れい》な楓《かえで》の紅葉のもと、訪れる人々に茶代を乞うて、衰えた体を養っています。

この詩の結句では「銭を過客に乞い、衰残を養う」とあります。幸せそうな紅葉狩り客が、弁当や酒を楽しみながら賑《にぎ》わう通天橋の下。そこに楓林の中に身を置く売茶翁の姿があります。往来の人々に茶を売り、茶銭を乞う行為はみじめで悲しいものでしょうか。彼が残した多くの詩を詠むと、決してそうではないようです。

売茶翁の詩から結句だけをいくつか抜粋してみました。

「清談茶熟到幽玄」　清談は茶の味をいっそう際立たせて、やがて幽玄の世界へと到ります。

「洗尽人間胸裏埃」　茶は俗世間の埃《ちり》を洗い尽くしてくれます。

「獨坐自煎絶等倫」　ひとり座り茶を煮ていると、茶と並ぶ仲間はもう必要ないです。

「堪嘆時人論色香」　世間が茶の色や香りを論じていることに嘆き、堪えることができません。

「万劫渇心直下休」　ずっと渇いていた心は、一碗の茶でたちまち治まるでしょう。


茶道の世界で「茶禅一味」とよく耳にします。それは茶と禅が同じという意味ではなく、茶も禅も極めれば至るところは同じということです。しかしただ厳しい修行で至る世界ではなく、俗界から距離を置いて本来の自分を取り戻すこと。そのためには茶が必要だと。いえ、その心地で茶を飲めと。それが禅では「無」であり、老子のいう「無為自然」の境地だと思います。そこには売茶翁が生涯伴にした「貧」が待ち受けていることも確かなようです。

売茶翁は詩の中でこう述べています。「貧不苦人 人苦貧（貧、人を苦しめず。人、貧に苦しむ）」現代社会では、人は貧しいことを悲しいこと苦しいことと決めつけています。しかし、貧の暮らしの中にもささやかな喜びや、楽しみもあるはずです。それは貧でない富の人たちにとっても変わりなく同じこと。貧富に執着するのではなく、まずは「喫茶去」ですね。

小雪

十月中

11月22日

作詩

三絶の一つを楽しむ

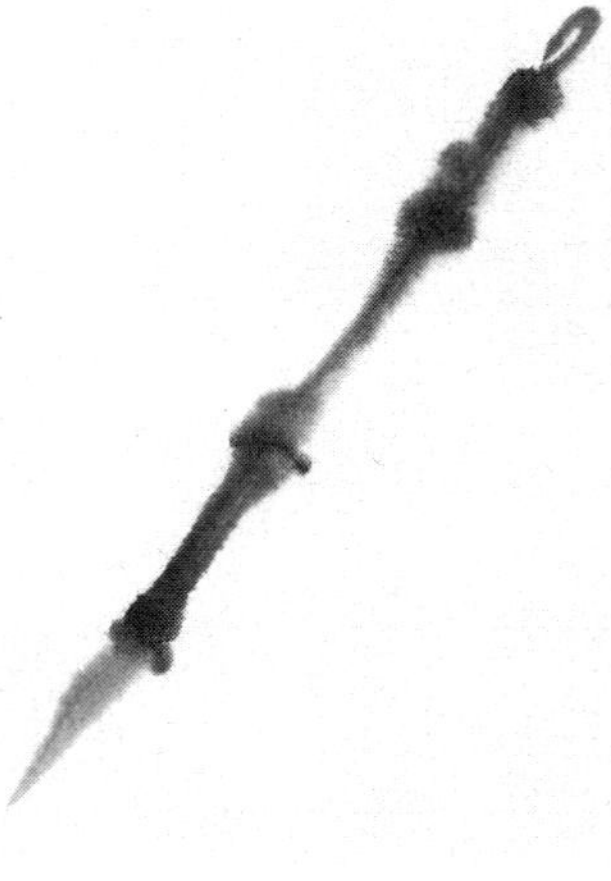

奈良の山中で暮らしていますが、秋が深まるにつれ次第に日暮れは早くなり、庭仕事もほどほどに文房で過ごす時間が増えていきます。画を描いたり読書に耽《ふけ》ったり、楽器を弾いてみたりと楽しみが多く、暇という言葉とは縁のない毎日です。そしてもうひとつ、作詩です。文人にとってこれ以上大切なものがないという意味の「三絶《さんぜつ》」とは、詩、書、画を指します。その筆頭が詩です。文人たちは漢詩を鑑賞するだけではなく、自ら作詩することを楽しみとしました。しかし中国で生まれた漢詩なので、作るにはとても難しいルールがあります。少し簡単に説明します。

まずは押韻《おういん》です。全ての漢字は発音によって１０８の韻のグループに分けられています。漢詩を作る時は、ひとつの詩にその一つのグループの字だけを使って各句の末字を揃《そろ》えなければなりません。七言絶句の場合は、起句、承句、結句の末字の韻を揃えます。つまり、使いたい字があっても韻のグループが違えば原則使うことができません。

次は平仄《ひょうそく》です。漢字を中国語で発音するときには四声《しせい》といって語尾の音の変化を4種使い分けます。作詩の場合、真っ直ぐに伸ばす発音を平音《ひょうしょう》といい、その他3種の語尾が変化するものを仄音《そくしょう》といい、決められたルールに則って平音と仄音の字を並べなくてはなりません。その上、作詩の時に使うのは唐代の韻で、現代とは違うため中国の人たちでも正しく漢詩を作ることはとても難しくなっていると聞きます。

ところが日本では奈良時代から漢詩は作り続けられています。特に江戸時代後期から明治、大正期頃まで、漢詩の創作がとても流行しました。中国語を話すことができない人でもこれらのルールを操り、作詩を楽しんでいました。作詩活動で自然の詳細な変化に気づき、自分自身の心を深く見つめ、時には心象的発見もあります。

例えば花が「咲く」という出来事を詩にするとき、咲く以外に開く、笑う、香る、満ちる、誘う……など、全て花が開いていることを伝えられますが、それぞれ意味合いが違って感じられます。この積み重ねで一つの詩となります。また漢詩に対する興味も深まり、熟語の理解も進み教養が深まります。

私は一詩作るのに、押韻、平仄はもちろんのこと、起承転結を工夫し、出来上がってからも推敲を重ね、何度も字や熟語を入れ替えます。それはとても時間のかかる作業ですが、秋の夜長にはうってつけの楽しみとなります。そして、作詩の時、傍らにお茶は必須です。文人たちが茶を好んだ理由はここにあり、です。これを文人茶といいます。

拙稿ではありますが、自作詩をここに紹介させて頂きます。

藕作《ぐうさく》
寒林纏粉雪
孤鹿臥枯萱
静念渾無事
心保待春温
上平声　元韻　　松知菴主人美風　笑教

偶作
寒林　粉雪を纏《まと》い、
孤鹿《ころく》　枯萱《こけん》に臥《ふ》す。
静かに念《ねん》す　渾《すべ》て無事。
心保《やす》らかに　春温を待つ。

偶作…たまたま作る。／孤鹿…一頭だけの鹿。／枯萱…枯草。

季節はもう冬。寒い雑木林を粉雪が纏うように舞い降り、その中で老いた一頭の牡鹿が、食べるものも探そうとせず、枯草の上にじっと臥せています。その姿は決して焦っているようではなく、悲しんでいるようでもなく、心を静かに堂々としていて、ただ何事も無いことを願っているかのようです。右往左往せず心を安らかにして過ごせば、厳しい冬を生き延びられ、暖かな春が必ずやってくるのをこの老いた牡鹿は知っているからでしょう。その振る舞いの品格に、私もそうありたいと願うのです。

山中に暮らしている私にとって鹿はとても身近な動物で、四季の移ろいの中さまざまな姿を見せてくれます。12月にもなると繁殖期はすでに終わり、老いた牡鹿が若い牡鹿に負け、牝鹿とその家族を引き連れることもできず、たった一頭で枯草の上にじっと臥せている姿を見かけることがあります。その姿を詩にしました。

私たち人間は、暮らしの中で何度も辛《つら》い時期を過ごさなければなりません。そのような時、じっと我慢ができず無意味に右往左往し、時には他人の言葉に不用意にすがり、また身近な快楽に溺れ、その結果、より一層長い冬を味わうこととなります。

頑張って立ち止まる、老いた牡鹿の姿から学んだ厳しい冬の過ごし方です。そして良いことも悪いこともないという意味である「無事」を願い、心保らかにして過ごすことが最短に春を迎える方法です。じっとしているのが最短の結果となります。しかし簡単なようでとても難しいですね。自然に身を寄せ、学び暮らした文人たち。彼らにとっての振る舞いは、自然の道理に従い「無事」に暮らすこと。茶を嘗《な》めながら詩、書、画を楽しむことで、心を保らかに過ごす術としたのです。

もう一首、「歳晩《さいばん》」と題した自作詩です。

枯蕉朽葉乱窗前
三更皓月割凍天
焼芥煮茶暖不得
初椿枝折餞流年
下平声　一先韻　松知菴主人美風　笑正

枯蕉《こしょう》　朽葉《きゅうよう》　窓前《そうぜん》に乱れ、
三更《さんこう》　皓月《こうげつ》　凍天《とうてん》を割《さ》く。
焼芥《しょうかい》　煮茶《しゃちゃ》　暖を得ず。
初椿《しょちん》　枝を折りて　流年にす。

歳晩…歳の暮れ。／枯蕉…枯れた芭蕉。／三更…夜の五更の第三。およそ現在の午後11時または午前零時からの2時間をいう。／皓月…明るく照り輝く月。明月。／芥…小さいもの。こまかいもの。また、あくたごみ。／初椿…初めて開く椿《つばき》。／餞…はなむけ。餞別。／流年…流れ去っていく年月。

庭の芭蕉は枯れ、朽ちた葉は窓前に揺れています。深夜の天頂の月は、凍るほど寒い空気を割くように明るく輝いています。貧しいなか塵《ちり》のようなものを燃やして茶を煮ても心まで温まることはできません。そのような厳しい寒さのうちに、今年初めて開く椿を見つけました。一枝折って部屋に招き入れ、今年も終わろうとしているはなむけとしましょう。

私の茅居《ぼうきょ》の文房の前には芭蕉が大きく育っています。夏には鮮やかな緑色の葉が天を覆い、夏の射すような強い日差しを遮り、心地よい風を届けてくれていたのですが、数度訪れた台風や度重なる木枯らしに、もうその姿は見るも無残な姿になっています。そのような中、庭の竹藪の奥にひっそりと藪《やぶ》椿の花が一輪今年初めて開きました。どんなに厳しい環境の中でも開く花はあるものです。終わりと始まり。自然は常に繰り返しています。朽ちる寂しさに気分まで沈めてしまうより、今始まり花開く椿に心温められ、これに倣うことにしましょう。詩に残したその時の記憶です。

読萬巻書　行萬里路

知識と経験の両立を

小雪

十月中

11月22日

読書の秋とはいうものの好事家にとっては年中のことなのですが、やはり秋の夜は読書に相応《ふさわ》しく思います。暑く寝苦しい夜から解放され、からっとした心地よい風が窓から入り、虫たちの盛んな声もやかましくないので、つい読書で夜更かしをしてしまいます。

今回の題である「読萬巻書　行萬里路（万巻《ばんかん》の書を読み、万里《ばんり》の路《みち》を行く）」は、『畫禅室《がぜんしつ》随筆《ずいひつ》』という本に書かれています。著者の董其昌《とうきしょう》は明代末の官僚であり、明代を代表する文人のひとりです。多彩な才能をもち、特に書、画、著述に優れた業績を残しました。後に清朝の康熙帝《こうきてい》が彼の書に敬意を抱き、同時代には「正統の書」とされました。彼は「芸林百世の師」と言われ、後世に多大な影響を及ぼしました。

この中の一節です。

画家六法、一気韵生動、気韵不可学、此生而知之、自有天授。然亦有学得処、読萬巻書行萬里路胸中脱去塵濁、自然丘壑内營、立成鄄鄂、随手写出皆為山水傳神矣。「巻二　畫訣」

画家の六法、一に気韻生動《きいんせいどう》、気韻学ぶべからず。此《こ》れ生まれながらにしてこれを知る。自ら天授あり。然《しか》れども亦《ま》た学び得る処《ところ》あり。万巻の書を読み、万里の路を行き、胸中より塵濁《じんだく》を脱去せば、自然の丘壑《きゅうがく》内に営まれ、鄄鄂《けんがく》を成す。手に随《したが》って写せば、山水の伝神と為《な》す。

讀萬卷書行萬里路
美

六法…中国南北朝時代の南朝斉・梁に活躍した画家であり評論家の謝赫の画論で、気韻生動・骨法用筆・応物象形・随類賦彩・経営位置・伝移模写の六法。／気韻生動…芸術作品に気高い風格や気品が生き生きと表現されている。／塵濁…塵や濁り。／丘壑…おかと谷。転じて隠者のすまい。／鄄鄂…鄄、鄂どちらも春秋時代の地名で風光明媚を意味する。／伝神…精神を伝える。

画家となるには6つの法があり、最初に挙げるのは「気韻生動」です。しかしこの気韻は学ぶことができません。生まれながらにしてこれを知っているもので、天から授かるものなのです。しかし、（諦めないでください）学び得る方法はあるのです。万巻の書を読み、万里の路を行き、その上に胸中より塵や濁りを取り去ることができれば、自然と胸中に丘や壑《たに》が現れ、風光明媚な景色が出来上がるのです。あとは手に随ってその景色を写せば、山水の本当の心を伝えることができるでしょう。

ここでいう万里の路とは、ただ多くの旅をして景色を見るという意味だけでなく「人生経験も含めた路」と私は理解しています。

山水画を描くことを楽しみとしている私にはとても納得いくお話です。たとえ、多くの本を読んで学び画を上手に描けたとしても、そこには自然の生き生きとした姿はなく、かといって多くの旅を経験しただけでは技術の習得や理論がなく、表現することが難しくなります。つまり、経験と学び、どちらか一方が欠けてもダメだということですね。これは画に対してではなく、全てに言えることだと思います。「知ってる！　知ってる！」といって、分かったつもりで経験のないこと。「やったことがあるから」といって、経験だけで分かったつもりでいたり。この考えは、董其昌より80年ほど先に生まれた、明代の儒家である王陽明《おうようめい》が残した言葉「知行合一《ちぎょうごういつ》」とまさに同じといえます。

「知行合一」とは、「知る」と「行う」を区別せず、知り行うことで初めて知ることとなり、言い換えると行い知ることで初めて行ったことになるといいます。つまり知っていても行動が伴っていなければ、知っていることにならないのです。この王陽明の考え方を「陽明学」といい、日本においても幕末には役人ではない知識層、つまり文人たちに広く支持され、やがて大政奉還に至らしめた思想的な行動の原動力となりました。

「読萬巻書、行萬里路」と「知行合一」。相通じますね。

ちなみに文人画のことを南宗画（南画）とも称しますが、董其昌がこの『畫禅室随筆』の中で「禅宗に北宗、南宗があるように画にも北宗、南宗がある」と記述したことが始まりです。『畫禅室随筆』は江戸天保年間には和刻本として出版され、広く読まれていたようです。江戸時代を代表する文人、田能村竹田《たのむらちくでん》も自著『山中人饒舌《さんちゅうじんじょうぜつ》』の中に、読み下すとこのように記しています。

董玄宰曰。不讀萬巻書。不行萬里路。欲作畫祖。其可得耶。

董其昌曰く、万巻の書を読まず、万里の路を行かずして、画祖《がそ》とならんと欲するも、それ得べけんや。

董其昌という人が言うには、万巻の書を読まず、万里の路を行かずして、画の祖になろうと思っても、なれるわけがないのです。

現代ではインターネットで手軽に情報を手に入れるようになったことで、万巻の書を読んだつもりになりやすく、万里の路を行くことがいっそう疎かになりがちでは。私はよく旅に出ます。海外や遠方でなくても大丈夫です。読書で得た教養を、自然の中に身を置くことで、その本質を理解体得し、それがやがて「気韻生動」となることを楽しみとしています。そのためにも終生「読萬巻書　行萬里路」ですね。

歳暮夜煮茶

一年を振り返るお茶の時間

大雪

十一月節

12月7日

もう12月というのに庭の薔薇が一輪だけ蕾《つぼみ》を膨らませ、何とか頑張って咲いて欲しいと願っていると、やがて小さな花を咲かせました。ところが、春や秋だとすぐに散ってしまうのに気温が低いせいでしょうか。散らずに、いいえ散ることができずに1週間以上花が咲いたままです。人は花が散るのを寂しく思うのですが、散らずに寒風に耐え忍ぶ姿を眺めていて、とても悲しく感じました。私は花が散るのは役割を終え、実りの始まりの証しと気が付きました。それ以降、花が散る姿を寂しく思えなくなりました。人で例えるなら、綺麗《きれい》に着飾って虫たちを呼び寄せ、やがて受粉し身籠ったということです。

なのに、庭の薔薇は散ることもできず寒風に揺れています。この姿を見て、一首作ってみました。

歳暮《さいぼ》

薔薇未散忍風霜
鵞影相交委冷浪
眼前天然何限興
烹茶一楽暮閑房
　平声下陽韻

薔薇《しょうび》　未《いま》だ散らず　風霜《ふうそう》を忍ぶ。
鵞影《がえい》　相《あい》交じり　冷浪《れいろう》に委ねる。
眼前の天然　何んぞ興限らんとす。
烹茶《ほうちゃ》　一楽　閑房《かんぼう》の暮れ。

鵞影…鵞鳥《がちょう》の姿。／冷浪…冷たいなみ。／烹茶…茶を煮る。／閑房…のんびりとした暮らしの自室。

もう12月というのに庭の薔薇が一輪花を咲かせました。その薔薇は寒さのせいか散ることもできず、ただ冷たい風や霜に耐え忍んでいます。池の鵞鳥の番《つが》いは寒さが気にならないのか、風で立つ波を避けようともしないで身を委ねて浮かんでいます。なんの作為もないこの自然の風景を眺めていているだけでも飽きることはありません。私はというと、暖かい自分の部屋で茶を淹《い》れ、今年一年を振り返りながら、のんびりと歳末を過ごしています。

生まれて死ぬまで、ただ狂いなく単調に時間が過ぎていくだけなのですが、一年という区切りの中で四季の変化に心動き、新年を迎え感謝し、歳末になると振り返り一喜一憂し、時にはセンチメンタルになることも。

「守拙」と題した自作の詩をもう一首添えます。

座石吹蘆笛
囲爐焙茗塵
莫憂須守拙
清馥掩氷輪

石に座し　蘆笛《ろてき》を吹く。
爐《ろ》を囲み　茗塵《めいじん》を焙《ほう》じる。
憂うこと莫《なか》れ　須《すべから》く拙《せつ》を守るべし。
清馥《せいふく》　氷輪《ひょうりん》を掩《おお》う。

歳暮夜煮茶
松

茗塵…お茶の粉。残り茶。／守拙《しゅせつ》…世渡り下手な自分の生きかたを守る。陶淵明の「帰田園居」にある。／馥…かおる、かおり、かんばしい。／氷輪…冬の月のこと。

寒い歳末の夜。これといって何もすることはなく、庭に出て石に座り、竹で作った笛を吹いてみたり、囲炉裏の火で残り僅かな茶の粉を焙じてお茶を淹れてみたり。こんな暮らしを続けていていいのだろうかと思うけれど、憂いても何ひとつ変わることはないのだから、もうそんなことで思い悩むのはやめましょう。あの陶淵明《とうえんめい》先生は世渡り下手でも悠然と暮らしておられたのですから。そう思うと、笛の音も清らかに聞こえ、茶の香りは芳しく、澄み渡った空に浮かぶ月を覆っているように感じたのです。これでいいのだと。

もう25年以上前に作った詩です。40歳まで大阪で事業をして得るものは多くあったのですが、その暮らしのせいで失ったものも多く、30歳を過ぎた頃からこんな暮らしで一生を終えることがいいのかどうか疑問を持ったまま10年が過ぎました。ある日突然にすべてを辞め、奈良の高円山《たかまどやま》の山中で家族と共に暮らすことにしました。月に数度の画の教室と、買い物や子供たちの送迎以外、街に下りることはなく森の中で過ごしました。

晴れていれば山中を巡り、自然の生態を学び、四季の移ろいを感じたり、里山ゆえに特に珍しい花はないものの新しい発見があれば喜んだりと、のんびりとした毎日。風が吹けば木が倒れ、その木を薪にして暖を取ったり、庭の花を部屋に招き入れ楽しんだり。雪が積もれば街に下りることができず、極上の読書時間となります。何年前かもう忘れましたが、雪が深く積もった深夜。雲が裂け現れた満月の明るいこと。「あれ？　誰か照明つけている？」と家人に聞いたほどです。「孫康映雪《そんこうえいせつ》　車胤聚螢《しゃいんしゅうけい》」——。「蛍雪」の由来となった孫康が雪に映える月の明かりで書物を読んだという故事も納得です。雪に埋もれた菊の花がわずかに顔を覗《のぞ》かせ、月明かりで真っ白な雪に黄色く浮かんでいた美しさは忘れることができません。

過去の多くの詩人たちが残した詩をより多く共有でき共感できるのも、私のこのような人生が由縁だと思います。良いも悪いもなく。

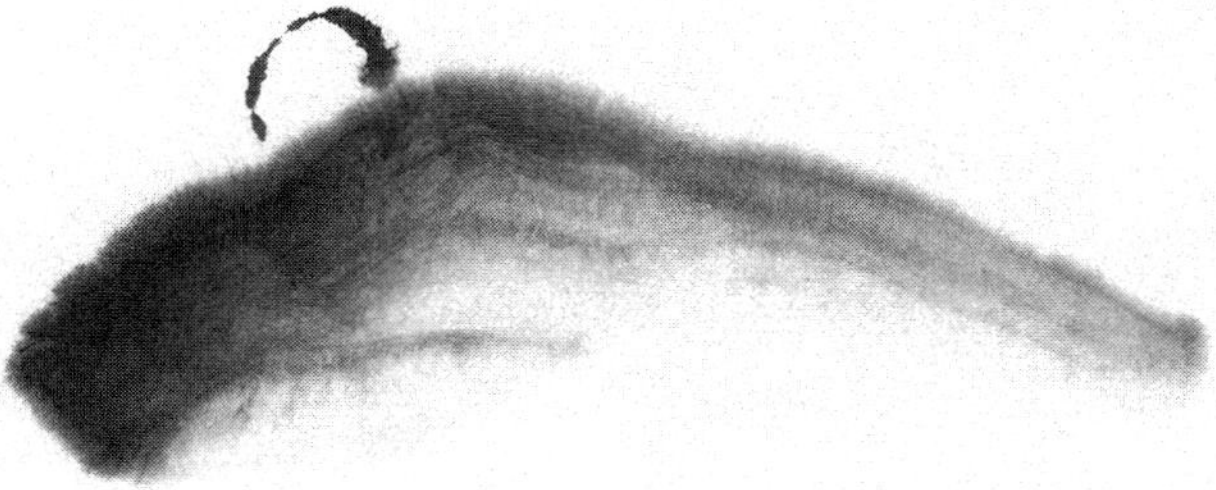

一陽来復

冬至が私の一年の始まり

冬至

十一月中

12月22日

地球の地軸は23・43度傾いていることから、太陽を一周する間に日照時間に差が生じ、夏は長く、冬は短くなります。特に緯度が高いほどその差は大きくなり、北極圏や南極では、全く昼の無い日や日の沈まない日が続くことがあるのは皆さんもご承知のことと思います。

天文学的にいうと、太陽黄経が２７０度となる瞬間が冬至となり、その冬至を含む日が冬至日となります。つまり厳密にいうと、冬至の日の何時何分何秒といった瞬間を冬至とするのが正しいのです。数年前でしたが、冬至の瞬間と日の出が数分しかズレがなく、特別な感動の中、日の出を迎えたことがあります。誰も関心のないことだと思いますが……。

地球が生まれた時からこの傾きにより、四季をはじめとして気候に様々な影響を与え、そしてその後に生まれた人間も含めた生物は、その中で暮らすことで、四季に応じた文化を育んできました。

古代の中国でも冬至の日を一年の始まりとし、今でも中国各地方では天の神を祀《まつ》る風習が残っているそうです。またヨーロッパでも、古代のゲルマン民族は冬至にあたる日を「ユール」と称し祝い、一年の始まりと考えました。後にキリスト教の宣教師が布教する際、ユールの祭りを（すこしずれていますが）イエスの誕生日とし、キリスト教の祭りとして取り込んだのがクリスマスの始まりとされています。

冬至には南瓜《なんきん》（かぼちゃ）を食べると良いといわれていますが、その由来はこんなところからきています。サンスクリット語の呪文の一つに「阿吽《あうん》」がありますが、古代インドでは「阿」は口を開いて最初に出す音で宇宙の始まりを意味し、「陽」の音となります。「吽」は口を閉じて最後に出す音で宇宙の終わりを意味し、「陰」の音となります。冬至は陰の極まる日ということから、日本ではこの「吽」の「ん」がつくものを食べると「うん（運）がつく」とされ、なんきん、だいこん、にんじんなどを食べる風習が生まれたそうです。

中国の思想である易学では、陽の気が極まる夏至から陰へと向かい、そして冬至が陰の気が極まる瞬間となり、その後陽に向かっていくと教えます。つまり一陽来復ですね。これらのことから、私は一年の終わりと始まりは冬至と決めています。一年を占う時には冬至の日のその時間に占うことが良いとされています。これを知って元旦に初日の出を拝するよりも理にかなっているように感じ、冬至の日に初詣をするようになりました。大勢の参拝客もなく、ひとり静かにお祈りもできます。

できれば奈良の吉野の玉置神社に参るようにしていますが、雪が深い時には熊野方面の海岸へ。誰一人いない山中、または海岸で寒い中、日の出を待ちます。やがて空は白み、オレンジ色に輝き始め、そして日の出を迎えます。この時間がとても好きです。朝日が私を照らします。それは神々しく、無意識に手を合わせています。一年の無事に感謝し、迎える一年の無事を祈ります。帰宅後、易を立て、漢詩を一首作ることにしています。

随分前の冬至の日に作った詩です。

一陽来屋物皆新　一陽来屋《いちようらいおく》　物　皆新《あらた》なり。
瓶裏梅花亦待春　瓶裏《へいり》の蕾椿《らいちん》　共に春を待つ。
城内栄枯満塵埃　城内の栄枯　塵埃《じんあい》満ち、
雪中煮茗守清貧　雪中　煮茗《しゃめい》　清貧を守る。

瓶裏…花瓶の内。／城内…街の中。／塵埃…ちりとほこり。／煮茗…茶を煮る。茶を淹れる。／清貧…私欲をすてて行いが正しいために、貧しく生活が質素であること。

陰極まり陽へと向かう冬至を迎え、我が家にも陽気が届き、目に映るものは全て新しくなったように感じます。部屋に招き入れ花瓶に挿した椿はまだ蕾ですが、共に春が訪れるのを待つことにしましょう。街の中は相変わらず塵や埃に満ちていますが、それらを覆い隠すように降った真っ白な雪景色の中で茶を煮て、たとえ貧しくとも自分の考えを貫いて暮らすことにします。

社会や他人の都合に合わせて日々過ごすのは仕方のないことですが、私はたとえ多少の不自由があろうとも、自然の移ろいに身を寄せて、それに従い暮らす幸せを大事にしています。冬至はとても大切な日となります。

一陽
來復
美

小寒
十二月節
1月5日

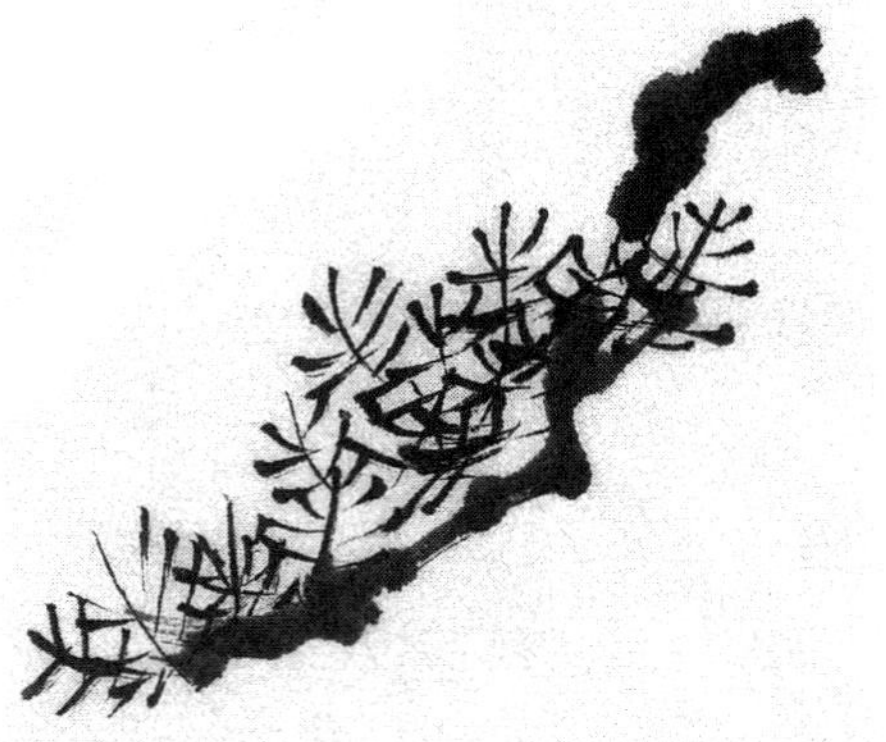

孤松

その姿に見る理想の生き方

松は年老いてもなお鮮やかな緑色した葉を茂らせ、根は広く地中に張り、その幹は年月を重ねるほど力強く感じることができます。このような姿から、古来より不老長寿の象徴として日中問わず吉祥図案に用いられてきました。

松には松樹千年、不老、仙友といった「壽」の意味がありますが、壽は「めでたい」のではなく「長命」のことで、その結果おめでたいとなるのです。この他にも松には貞節、繁栄、高潔、高い志などの意味もあります。

松は種類が多く、また同じ種類でも育つ環境によって様々な姿になります。例えば黒松の場合、防風林として群生している時は樹形も揃《そろ》い年中豊かな緑の葉を茂らせています。そうかと思えば懸崖や波打つ岩礁など、他の植物では育つことに困難な環境の中、岩の隙間に根を張り、わずかの葉であっても枯れることなく踏ん張っている姿を見かけます。私はこのような姿にとても惹《ひ》かれます。文人が描く山水画には必ずといっていいほど松は登場します。それはただの植物の一種を描いたのではなく、上記のような意味を踏まえています。時には画家自らの姿を松に託して描かれることもあります。

中国最古の詩篇である『詩経』小雅にある「天保《てんぽう》（天保《やす》らかなること）」に松が登場します。詩の一部を抜粋してご紹介します。

天保定爾　以莫不興　如山如阜　如岡如陵　如川之方至　以莫不増　～省略～　如月之恆　如日之升　如南山之壽　不騫不崩　如松柏之茂　無不爾或承

天は爾《なんじ》に保らかに定めし。以《もっ》て興《こう》ならざるなし。山の如く、阜《ふ》の如く、岡の如く、陵《りょう》の如く、川の方《まさ》に至る如く、以て増さざるなし　～省略～　月の恒《つね》の如く、日の昇る如く、南山の寿の如く騫《か》けず崩れず、松柏の茂るの如く、爾に承《う》くる或《あ》らざる無し。

興…さかん。／阜…小高いところ。丘。／陵…大きな丘。丘。

天は貴方（君主）に保らかであることを定められたので、絶えることなくますます盛んになるでしょう。それは、山のごとく、阜のごとく、岡のごとく陵のごとく、川の流れるがごとく、自然の姿が変わらないのと同じように続くことでしょう。

そして月が満ち欠けしようとも繰り返しながら輝き続け、日がのぼることを一度たりとも途絶えることなく毎日繰り返し、南山はいつまでも欠けることなく崩れることもなく存在し、松やヒノキが枯れることなく常に葉を茂らせているように、貴方の子孫は絶えることなくいつまでも栄え続けるでしょう。

月や太陽と同じように松は枯れることなく、いつまでも続く例えとして使われています。後に書かれた『詩経』の注釈書である『毛伝鄭箋《もうでんじょうせん》』にも「如松柏之枝葉、常茂盛青青相承、無衰落也」とあり、松や柏《ひのき》のように常に葉は青々としていて受け継がれ、木が弱って葉を落とすことはないと書かれています。

『詩経』の成立からずいぶん後になりますが、日本の漢詩から一首紹介します。奈良時代天平勝宝3年（751年）に成立した我が国最初の漢詩集『懐風藻』より「詠孤松（孤松を詠ず）」と題された大納言直大《じきだい》二《に》中臣《なかとみの》朝臣《あそみ》大島の詩です。

隴上孤松翠
凌雲心本明
餘根堅厚地
貞質指高天
弱枝異冥草
茂葉同桂榮
孫楚高貞節
隱居脫笠輕

隴上《ろうじょう》孤松《こしょう》翠に、
凌雲《りょううん》心本明《あか》し。
餘根《よこん》厚地を堅め、
貞質《ていしつ》高天を指す。
弱枝冥草《めいそう》を異し、
茂葉桂栄《けいえい》に同じ。
孫楚《そんそ》貞節を高うし、
隠居笠軽《りゅうけい》を脱する。

隴上…丘の上。／凌雲…高く雲をしのぐこと。俗世を超越している。／餘根…有り余るほどの根。／貞質…節操が堅く正しい性質。／冥草…日当たりの悪いところに育つ草。／桂…木犀《もくせい》、月桂樹《げっけいじゅ》、または肉桂《にっけい》のいずれか。香りのよい木。／孫楚…中国三国時代および西晋の政治家。文才に勝れ、忠誠心があり潔癖な性格として知られる。／貞節…節操を堅く保持して変えないこと。主張や信念などを貫き通すこと。

岡の上に立つ一本の松は鮮やかで深い翠色の葉で、その姿は雲をも凌《しの》ぎ、心はすでに何ひとつ翳《かげ》りがないよう

えています。幹の根元から別れた根は厚い大地を固めるように深く根ざし、その節操が堅く正しい性質は天空を指し聳《そび》です。

細い枝であっても、日当たりの悪いところに育つ草とは違い、枯れることなく葉が繁茂した姿は、栄える桂といわれる香木と同じです。

晋の孫楚は節操が堅く正しい人柄でした。俗界とは離れ隠棲して、官人の冠ではなく粗末な笠をかぶってその軽さを喜びました。その姿はこの松と同じような……。

松に限らず、自然の様々な姿から天の保らかを願った「天保九如」は国家の例えとして、そしてこの「詠孤松」は人として。どちらにしても、その姿から不老を願い、それだけに留《とど》まらず人格としての理想の姿を松に求めました。

日本各地、特に海岸線の松を眺めることがとても好きです。越前海岸、能登の日本海の松。瀬戸内海の小島の影を作る松。太平洋の荒々しい波に洗われた懸崖にへばりつく松。それぞれの環境に添うように様々な形、姿となっていますが、全て自然の摂理の上に生命を育んでいます。何ひとつ無駄はなく、また足りないものもなく。間違った姿は無いということです。松は教えてくれます、「こう生きなさい」と。

大寒

十二月中

1月20日

雪夜

清浄な世界に響く竹の声

夜雪
已訝衾枕冷
復見窗戸明
夜深知雪重
時聞折竹聲

已《すで》に訝《いぶか》る　衾枕《きんちん》の冷ややかなるを。
復《ま》た見る　窓戸《そうこ》の明らかなるを。
夜深くして　雪の重きを知る、
時に聞く　折竹の声。

衾枕…寝具と枕。／窓戸…部屋の窓。

どうしたことでしょう、寝ている私の枕元がやけに冷たくなってきました。そして窓の外を見ると、先ほどよりも明るくなっています。そう、いつの間にか雪が降り始めていたのです。やがて夜も更けると、時折雪の重みで竹の裂ける音が聞こえ、寝床にいながら、雪が深く降り積もっているのを知りました。

白居易のこの詩はただ雪の降り積もる夜を詠ったただけで、感情は何ひとつ述べられていません。皆さんはどう感じたでしょう。私はとても心地良く感じました。寂しいとか悲しいとか楽しいではなく、詩人が伝えたかったのは限りなく透明で清潔感ある世界ではないでしょうか。雪が沈沈《しんしん》と降り積もる夜は様々な音を吸収しとても静かで、雪に包まれているような安心感も。そして無音の中、時折聞こえる竹の折れる音はいっそう静かであったことを教えてくれます。夜遅くまで眠れないのではなく、眠りたくなかったのかもしれません。

私の暮らしている高円山《たかまどやま》でもひと冬に数度、深く雪が積もります。雪夜の竹の裂ける音は、決して夜のしじまを破る鋭利で悲鳴のような音ではありません。雪の重みにギリギリまで耐え、折れる音までも包み込み、ボキッと重く鈍い竹の嗚咽《おえつ》が聞こえてきます。同時にバサッと葉に積もっていた雪が一気に落ちます。

もう一首、家蔵の書から明治の三筆のひとり日下部鳴鶴《くさかべめいかく》の詩を紹介します。

積雪静茆堂
寒泉烹一掬
萬籟与心虚
夜牕聞折竹

積雪　茆堂《ぼうどう》静にして、
寒泉　一掬《いっきく》を烹《に》る。
万籟《ばんらい》　心虚《むな》しと。
夜窓《やそう》　折竹を聞く。

茆堂…茅葺《かやぶき》のお堂。／万籟…風に吹かれて立てる音。また、すべての物音。／夜窓…夜の窓。

雪が積もり、私の滞在しているこのお堂には訪れる人もなく静かで、ひとり泉の水を汲んで茶を煮ます。外から聞こえる風の音で、私の心はいっそう虚しさを増します。夜も更け、雪の重さに耐えきれず折れる竹の音が窓の外から聞こえました。

一夜にしてすべてを真っ白に覆い尽くす雪。文人たちは汚れのない純白な世界に喜びを感じ、多くの詩に残しています。雪が解ければ元に戻ることは知っているのですが。

大寒
十二月中
1月20日

清絶

純白の雪にたたずむ魂

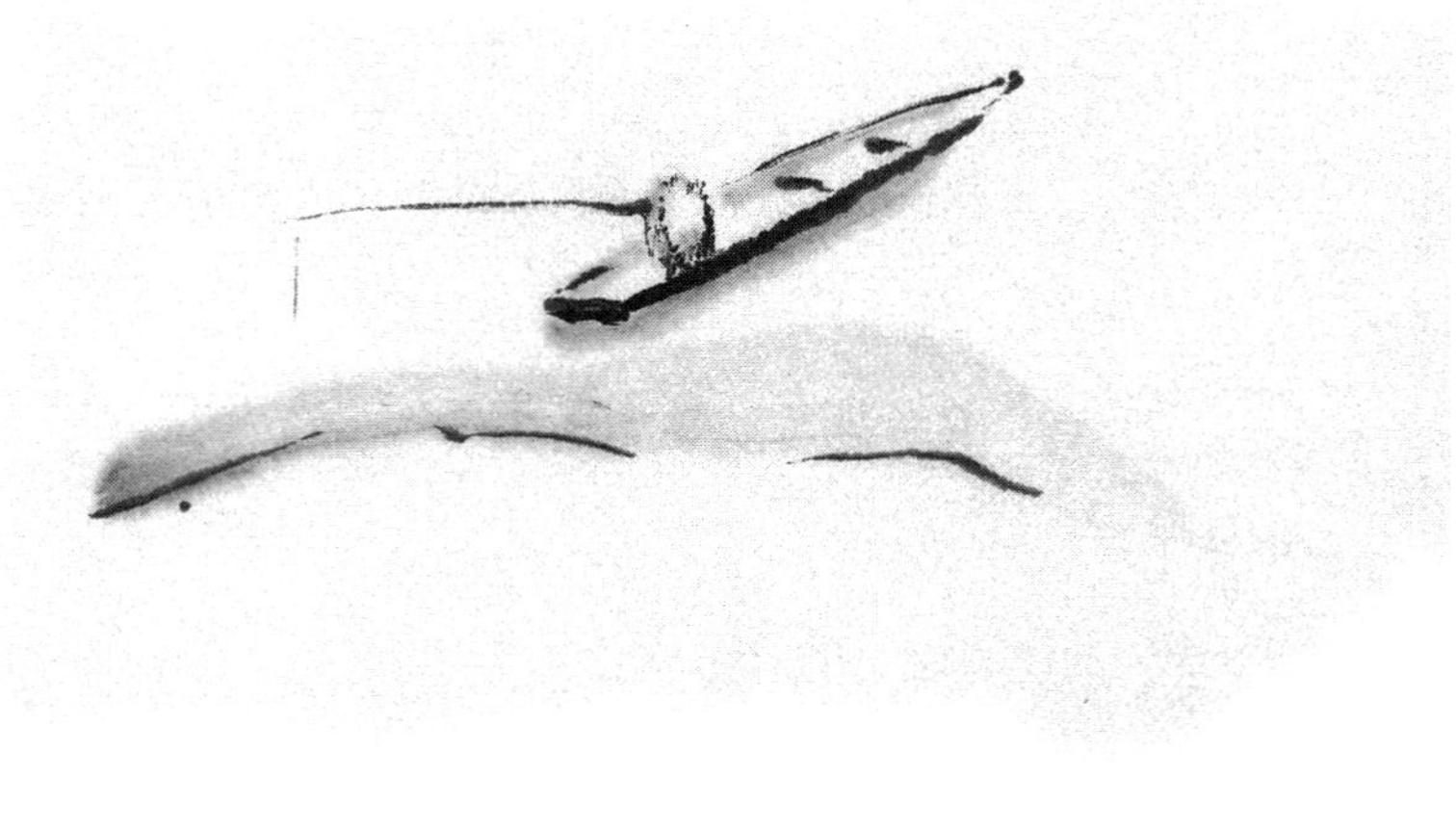

「絶」とは字の成り立ちから読み解くと、糸を人が膝をついて刀を使って切る、という行為を表しています。糸へん＋刀＋卩＝絶となる会意文字です。このことから「たつ」や「たえる」を意味し、やがて「これ以上はない」「かけ離れている」といった意味にも使われるようになります。「絶世の美女」とか「絶好調」「絶壁」などはこの例です。

幕末の儒学者である寺門静軒《てらかどせいけん》の「雪中見梅」と題された詩です。この「清絶《せいぜつ》」も、けっして清らかさを断ち切るという意味ではなく、これ以上のない清らかさという意味です。

寒蓑立盡水之涯　　寒蓑《かんさ》　立ち尽くす　水の涯《ほとり》。
雪益加時興益加　　雪ますます加わる時　興《きょう》もますます加わる。
香骨吟身両清絶　　香骨吟身《こうこつぎんしん》　両《とも》に清絶、
雪中人対雪中花　　雪中の人は対す　雪中の花に。

寒蓑…寒々しい蓑《みの》を羽織った姿。／興…興趣。おもむき。／香骨…梅のこと。骨とは梅の枝のこと。／吟身…詩を吟じる人。ここでは作者。

寒さ厳しい中、蓑を纏《まと》い水のほとりで立ち尽くしていると、雪はますます激しく降りしきり、趣はそれと共にいっそう増してきました。そのような状況でも花開く梅と詩を吟じる私は、比べることができないほど清らかです。今、雪に佇《たたず》む私は雪の中の梅の花に向かい合っています。

真冬の水辺に佇み、すべてを真白に覆い尽くす雪を眼前に望む詩人。この厳しい環境の中であっても清らかな香りを放つ梅と対峙する詩人。梅と作者は雪に埋もれやがて澄み、清らかにひとつに。自然の姿である梅と雪のおかげで、心まで清らかになっていく詩人の感性に共感します。

千山鳥飛絶
萬徑人蹤滅
孤舟蓑笠翁
獨釣寒江雪

千山《せんざん》　鳥飛ぶこと絶え、
万径《まんけい》　人蹤《じんしょう》滅《めつ》す。
孤舟《こしゅう》　蓑笠《さりゅう》の翁、
独釣《どくちょう》す　寒江《かんこう》の雪。

千山…遠くまで重なる山々。／万径…道という道すべて。／人蹤…人の足跡。／孤舟…一艘の小舟。／蓑笠…蓑と笠。

果てしなく続く山々全てが雪に覆われ、空を飛ぶ鳥は一羽もなく、降り積もった雪で道という道は埋め尽くされ、歩く人影はありません。そのような中、一艘の小舟に蓑笠を着けたひとりの老人が、釣れるはずもないのに雪降る川に釣り糸を垂らしています。

詩人の伝えたいことは前掲の詩と同じではないでしょうか。
この詩「江雪」の作者である柳宗元《りゅうそうげん》は、科挙試験に受かり高級官僚として歩み出すのですが、間もなく政治の権力争いに巻き込まれます。死こそ免れたものの僻地に左遷され、その後都に戻ることなく、47歳という短い人生を終えました。これはその左遷先で詠まれたものだそうで、挫折や孤独感を強く感じる詩だと言われています。しかし、私はそうは感じません。たとえ釣果がなくとも、全て雪に覆われ道も滅し訪れる人もない純白の清絶世界に身を置くことで、社会での不安や苦しみから逃れることができる理想の世界を詠っているように感じます。たとえひもじくとも。人生が短くとも。皆さんは如何《いかが》でしょうか。

column

自然とひとつに

「無為自然」とは老子や荘子の教えとしてよく知られた言葉ですが、私には長い間どうもピンと来なくて、解決することもせず、置き去りのままにしていました。

しかしある時、禅の研究者であった鈴木大拙先生の講演の録音を聞く機会がありました。その中で、先生が「無と為《な》すは自《おの》ずから然《しか》り」と読んでおられるのを聞いて、なるほどと合点がいきました。その意味は、無とは何もないのではなく、人の働きがないあるがままにということ。

もう少しわかり易くお話をします。例えば「今日は自然とひとつになって、とても気分のいい一日だった」と感じたとします。しかし、これでは無為自然ではありません。なぜなら、自然とひとつというのが、そもそも自然と自分を区別した上での発想だからです。

では、どういう状態を無為自然というのでしょう。それは自分自身の存在の意識が失せ、自然の中のひとつとして同化している状態をいいます。木、草、鳥、虫などと同じように。具体的にいうと、物想いもせず自然の中でボーッとしている時なのかもしれません。文人が描く山水画には必ずといっていいほど、人物が描かれています。その多くは座り、立ち尽くし、ただボーッとしています。文人たちも惹《ひ》かれて止《や》まない無為自然です。

あとがき

およそ40年前。仕事の合間に何か趣味を一つと軽い気持ちで始めた水墨画ですが、学べば学ぶほどその世界は深く、特に文人画はまさに教養の世界だと気づき、描きながら様々な本を読み漁りました。手習い本である画譜から始まり、漢詩、思想や哲学書、また小説や雑録のような書物まで。

40歳を機にそれまでの仕事をすべて辞め、家族と共に奈良の山中で暮らし始めました。月に数度の画の教室以外は森を巡り、薪を割り、小さな畑を耕し、夜は読書と、貧しいながらものんびりとした生活でした。

やがて母から引き継いだ煎茶美風流でしたが、この煎茶喫茶文化はまさに中国の文人たちの趣味の一つで、それまで学んできた点と点が繋《つな》がり、私にとれば理想の世界だということに気づいたのです。その後その理想を追い求め、学び続けてきました。もちろん文人と自称するものではなく、あくまでも憧れの世界として。そして、現在では「文人趣味臥遊」は画の仲間の集いとして。「煎茶美風流」は茶の仲間として。それに5年前から始めた月に一度の「文人趣味Ｗｅｂサロン」は国内外問わず、多くの皆様に文人趣味の楽しみをお伝えする場として、新しい仲間の輪が広がっています。

文人趣味は「自娯」の世界です。他人に伝えることが目的ではないのですが、日中問わずこの文人趣味を実践として楽しむことはほとんど忘れ去られ、ただ形式的であったり物の収集だけであったりと、表現を楽しみとする本来の意味とは遠く離れてしまっています。

そういう私もまだ道半ばではありますが、少しでもこの楽しみを皆さんに伝えたくて、ほんの一部分を一冊の本に纏《まと》めてみました。なお、この本の出版に当たり、多大なご理解を頂いた城山書房の内田宏壽氏。デザイナーの長谷川理氏、そして種々にわたり尽力を頂き、校正、編集に携わって頂いた愛弟子の室谷とよこ女史には鳴謝致します。また帯には10年来水墨画で交流を深めてきました政道徳門老師からお言葉を頂戴致し、御礼申し上げます。

最後になりましたがこの本は現在も連載中の一般社団法人全日本煎茶道連盟発行の月刊専門誌『煎茶道』の「表紙のお話し」の原稿をもとに、加筆、修正、また新たに書き下ろしたもので、画も新たに描き添えました。煎茶道連盟の皆様のご理解とご協力に深謝致します。

社会での活動には役に立たないことばかりですが、だからこそ自分を見つめなおすことに必要な教養だと確信しています。拙書ではありますが手に取って頂いた皆様に、心より御礼申し上げます。

令和甲辰仲秋　於松知菴南窗下　中谷美風謹記

参考文献

『佩文齋廣羣芳譜外二十種』張逸少ほか撰　上海古籍出版社　1991年
『中國詩人選集二集11　袁宏道』入矢義高注　岩波書店　1963年
『中國詩人選集二集4　王安石』清水茂注　岩波書店　1962年
『新撰四君子題讃大成』久保田天南著　松山房　1931年
『江南春』青木正児著　平凡社東洋文庫　1972年
『街道をゆく19　中国・江南のみち』司馬遼太郎著　朝日新聞出版朝日文庫　2008年
『荘子　第一冊　内篇』金谷治訳注　岩波書店岩波文庫　1971年
『荘子　第三冊　外篇・雑篇』金谷治訳注　岩波書店岩波文庫　1982年
『王維詩集』小川環樹・都留春雄・入谷仙介選訳　岩波書店岩波文庫　1986年
『中国名詩選　中』松枝茂夫編　岩波書店岩波文庫　1984年
『中国名詩選　下』松枝茂夫編　岩波書店岩波文庫　1986年
『唐詩三百首3』蘅塘退士編、目加田誠訳注　平凡社東洋文庫　1975年

『田能村竹田画論「山中人饒舌」訳解』竹谷長二郎著、大越雅子改訂　笠間書院　2013年
『中国文学歳時記　春下』黒川洋一ほか編　同朋舎　1988年
『日本思想大系12　道元　上』寺田透・水野弥穂子校注　岩波書店　1970年
『筑摩叢書203　唐詩選』吉川幸次郎著　筑摩書房　1973年
『中国古典詩聚花2　隠遁と田園』石川忠久著、前野直彬監修　尚学図書　1984年
『中国古典詩聚花7　美酒と宴遊』山之内正彦・成瀬哲生著、前野直彬監修　尚学図書　1985年
『中国古典選17　荘子　雑篇下』福永光司著　朝日新聞出版朝日文庫　1978年
『花は紅・柳は緑』水上静夫著　八坂書房　1983年
『新註墨場必携』市河米庵輯　名跡刊行会／冬至書房　2010年
『新釈漢文大系110　詩経　中』石川忠久著　明治書院　1998年
『懐風藻全註釈』辰巳正明著　笠間書院　2012年
『李賀詩選』黒川洋一編　岩波書店岩波文庫　1993年
『売茶翁偈語』月海元昭著　1763年　九州大学附属図書館九大コレクション

中谷美風

(Nakatani Bifu)

1959年奈良生まれ、高円山在住。大正時代に大阪で創流された煎茶美風流を先代美香菴より継承し四世家元。画号・方外閑人《ほうがいかんじん》素履《そり》として文人趣味臥遊も主宰。漢詩、書、水墨画、茶、瓶花などの文人趣味の楽しみを伝えるため、各地で茶会、展覧会、文人趣味サロン、講演会を開催。ネットを使ったリモートサロンやSNSでも発信。奈良市内に稽古場を兼ねたギャラリー無一物、カフェうつぎ、山添村の茶畑に研修空間である瑞徳舎を運営。雑誌『煎茶道』の表紙画と随筆「表紙のお話し」を2008年4月号より連載中。茶の湯文化学会会員。一般社団法人全日本煎茶道連盟有聲文庫研究会会員。

公式サイト
「文人趣味臥遊／Bifu Style」
bifu-style.com

装丁　長谷川理
編集・校正・校閲　室谷とよこ

四季《しき》折々《おりおり》の文人《ぶんじん》趣味《しゅみ》
——旅《たび》する二十四節気《にじゅうしせっき》——

令和七年一月二七日　第一刷発行

著者　中谷《なかたに》美風《びふう》

発行者　内田宏壽

発行所　株式会社 城山書房
〒一七〇-〇〇〇三
東京都豊島区駒込一-四二-二-二〇四
電話　〇三（六九〇二）一七一七
FAX　〇三（六九〇二）一七一八

印刷・製本　モリモト印刷株式会社

定価はカバーに表示してあります。
乱丁・落丁の場合はお取り替えいたします。

ISBN 978-4-911293-00-3 C0095 NDC892